अनुकरणीय
(८ प्रेरणादायक कहानियों का संग्रह)

रीता चौहान

Copyright © Rita Chauhan
All Rights Reserved.

ISBN 978-1-68538-798-3

This book has been published with all efforts taken to make the material error-free after the consent of the author. However, the author and the publisher do not assume and hereby disclaim any liability to any party for any loss, damage, or disruption caused by errors or omissions, whether such errors or omissions result from negligence, accident, or any other cause.

While every effort has been made to avoid any mistake or omission, this publication is being sold on the condition and understanding that neither the author nor the publishers or printers would be liable in any manner to any person by reason of any mistake or omission in this publication or for any action taken or omitted to be taken or advice rendered or accepted on the basis of this work. For any defect in printing or binding the publishers will be liable only to replace the defective copy by another copy of this work then available.

क्रम-सूची

प्रस्तावना	v
1. 'परिणाम'	1
2. ज़िन्दगी परीक्षा लेती है	7
3. गंतव्य	12
4. माता-पिता से प्रतिशोध !!	20
5. अनुकरणीय	27
6. ईश नदी	31
7. कल्पवृक्ष	43
8. प्रिज़्म	47

प्रस्तावना

अनुकरणीय पुस्तक ८ प्रेरणाप्रद स्वरचित कहानियों का संकलन है।

मैं ह्रदय से धन्यवाद करती हूँ मेरे माता पिता, मेरे पति, जीवन के कुछ अनुभवों का, जीवन में मिले मित्रगण, सम्बन्धी व अन्य कुछ लोगों का भी जिन्होंने किसी न किसी रूप में मुझे ये पुस्तक लिखने की प्रेरणा प्रदान दी।

इन कहानियों में छिपी मूल्यवान बातों का अनुकरण लोगों के जीवन में बदलाव का कारण बने ऐसी अभिलाषा करते हुए, श्री भगवान के चरणों में अपनी पहली कृति भेंट स्वरुप प्रदान करती हूँ।

रीता चौहान

1
'परिणाम'

ये बात है कुछ १९९२ की, पाँचवीं का परिणाम आया था और मैं ६७% अंकों के साथ उत्तीर्ण हो गयी थी ।

अपने परिणाम से अधिक मुझे छठवीं कक्षा में आने की प्रसन्नता थी। मुझे प्रसन्नता थी कि अब मुझे छुट्टी मिलेगी मेरी कक्षाध्यापिका से जो गत ५ वर्षों से मेरी गणित की अध्यापिका भी थीं।

बहुत प्रयास किये उनके मनभावन कार्य करने के, पर वो कभी समझी ही नहीं की सब बच्चे एक से नहीं होते।

गणित में मेरा हाथ तंग था तो कदाचित इसी कारण से उन्हें मुझसे कुछ चिढ़ सी थी। किसी का भी गुस्सा हो वो मुझ पर ही उतारा करतीं।

हर समय बस यही कहतीं की इसके बस का नहीं है, ये कुछ नहीं कर सकती।

मेरे हृदय में उनका भय था और तभी गणित से भी दूरी सी हो गयी थी। मेरे मस्तिष्क में यही सब चल रहा था कि अब इन सब से छुट्टी मिलेगी और मैं नई कक्षा में जाऊँगी, नई बिल्डिंग में।

हमारे विद्यालय में छठवीं से बारहवीं कक्षा के लिए अलग बिल्डिंग थी। कक्षा का प्रथम दिन, वहाँ बड़ी कक्षा में बैठकर बहुत अच्छा लग रहा था। नई – नई पुस्तकें, सुंदर जिल्द चढ़ी कॉपियां, नया बस्ता, पानी की नई बोतल मिल्टन वाली !

उन दिनों मिल्टन की बोतल होना भी अपने आप में काफी बड़ी बात होती थी। राजाओं-महाराजाओं जैसा प्रतीत हो रहा था।

ये मेरे लिए एक नई शुरुआत थी, पिछला सब भूल जाना चाहती थी और प्रतीक्षा में थी कि नए अध्यापक गण कैसे होंगे।

अपने-अपने पीरियड में सभी अध्यापकों ने अपना परिचय दिया और हम सब बच्चों ने बारी-बारी से अपना। उस दिन सभी ने हमें अनुशासन का पाठ पढ़ाया व कौनसी कापियों में कैसे काम करना है ये बताया।

गणित और विज्ञान के अध्यापक व्यवहार से थोड़े कठोर प्रतीत हुए। बाकी सब ठीक ही लगे। धीरे-धीरे समय बीतने लगा।

गणित व विज्ञान वाले अध्यापकों का व्यवहार कठोरतम हो चला। यहाँ तो पहले से ही गणित से दूरी सी थी, अब तो और भी पढ़ने का मन नहीं करता था।

सामाजिक अध्ययन की अध्यापिका जी हमें पिछले साल की कॉपी में से काम करवा दिया करतीं।

कुल मिलाकर जैसा सोचा था वैसी नई शुरुआत हो न सकी।

मेरा पढ़ाई से मन हटने लगा। तभी विद्यालय में वार्षिकोत्सव के लिए अनेक गतिविधियां प्रारम्भ होने लगीं। मैने भी कई प्रतियोगितायों में भाग ले लिया और हर समय बस उन्ही सबके अभ्यास में लगी रहती।

पढ़ाई में ध्यान बिल्कुल नहीं था।

क्लास से भाग कर बस विभिन्न प्रतियोगितायों के अभ्यास में लगी रहती। मासिक परीक्षाएँ शुरू हुईं और मैं लगभग हाशिये पे पास हुई थी। गणित और विज्ञान में तो पास ही नहीं थी।

उनकी कापियाँ घर में दिखाई ही नहीं। उन दिनों पिताजी अपने काम में व्यस्त थे तो वो भी कापियाँ देखना भूल गए।

इसी बीच मैने ट्यूशन लगवा लिया, यद्यपि उन दिनों ट्यूशन पढ़ना शान के खिलाफ माना जाता था पर मैने अपनी किसी भी सहेली को बिना बताए वहाँ जाना ठीक समझा।

वहाँ हमें पढ़ाने के अलावा कुछ और ही सिखाया जाता कि देखो हम ये समान भी बनाते हैं, तकिये के कवर इत्यादि सब बनाते हैं, ये सब तुम घर पे, अपने पड़ोस वगैरह में बताना। उनका पूरा परिवार घर से बिज़नेस

चलाते थे और वहाँ हमें बिज़नेस सिखाया जाता।

रोज़ एक नया समान बनाकर सामने रख देते फिर उसके बारे में बताते रहते थे। बाकी पढ़ाने के नाम पर कुंजियों से उत्तर लिखवा दिया करते थे। कुछ समय पश्चात अर्धवार्षिक परीक्षा हुई और मैं लगभग सभी विषयों में फेल हो गयी थी ।

सौ में से मात्र हिंदी और अंग्रेज़ी में ४०-४० नंबर थे। मैं बहुत डर गयी थी, जब उत्तर पुस्तिकाएँ घर ले जाने के लिए मिलीं और उन सभी पर पिताजी के हस्ताक्षर भी करवाने थे।

स्कूल से घर तक जाने के लिए मैं पहले स्कूल से बस में जाती थी जो मुझे घर से काफी दूर रेलवे स्टेशन पर उतारती फिर वहाँ से घर तक जाने में मुझे आधा घंटा लगता था, पर उस दिन कदम आगे बढ़ ही नहीं रहे थे और मैं डेढ़ घंटे में घर पहुंची।

उस डेढ़ घंटे में न जाने कितने ही विचारों ने मन में आतंक मचाया। कभी सोचा, जाते ही मम्मी - पापा के पैर पकड़ के क्षमा माँग लूँगी, कभी लगा आज घर ही नहीं जाती, कभी सोचा काश मुझे तीव्र ज्वर हो जाए।

काश मुझे ज़ोर से चोट लग जाए, ज़ोर से बारिश हो जाए और मेरा बस्ता भीग जाए, भूकंप आ जाए इत्यादि।

विचारों का समुद्र उमड़ रहा था हृदय में और इसी उधेड़बुन में मैं घर पहुँच गई और जैसे विचार मेरे मन में उमड़ रहे थे वैसा कुछ भी नहीं हुआ।

उस समय सब मिल-जुल के रहते थे, न फ़ोन थे,न ही टीवी में दूरदर्शन के अलावा कोई और चैनल आता था और वैसी भी सर्दियों का मौसम चल रहा था तो सभी गृहणियाँ दोपहर में काम करके बातें करने को एक साथ बाहर आकर बैठ जाती थीं ।

माँ भी बाहर ही बैठी थीं। मेरे देर से घर पहुँचने पर उन्होंने मुझसे देरी का कारण पूछा, मैंने बात दिया कि आज बस देरी से आई थी। मैं जल्दी से घर के अन्दर गयी और जो समझ आया वो किया, सभी उत्तर पुस्तिकाओं में नंबर बढ़ा लिए और बाहर माँ को दिखाने गयी।

उन्हें थोड़ी शंका तो हुई कि हर पेपर में नंबर काट कर क्यों लिखे हैं पर मैंने भी कह दिया कि वो मैम से गलती हो गयी थी तो फिर काट कर

उन्होंने सही किये हैं।

अब शाम को पिताजी को दिखाने की बारी आई पर वो समझ गए, माँ ने भी कहा की हाँ कुछ तो गड़बड़ है, मैम से इतनी गलतियाँ कैसे हो सकती है ?

मुझे बहुत डर लगा की न जाने पिताजी क्या करेंगे, पर उन्होंने कुछ नहीं कहा और उठकर अंदर कमरे में चले गए।

अब तो मन में और भी अधिक उथल – पुथल मच गई थी। न जाने पिताजी क्या करेंगे !

रात का खाना भी उन्होंने अलग कमरे में खाया। रात में हिम्मत जुटा कर मैंने उनके पास जाकर क्षमा माँगने का निर्णय किया पर पिताजी सो चुके थे या शायद सोने का नाटक कर रहे थे।

अगले दिन कक्षाध्यापिका ने उन्हें मिलने के लिए बुलाया था। रात भर सो ही नहीं पायी ये सोच कर की मैंने माँ और पिताजी को बहुत दुखी किया है, पता नहीं पिताजी के मन में क्या चल रहा है !!

सुबह उठकर उनके सामने जाकर हाथ जोड़कर ये बताना शुरू ही किया था की मैडम ने आपको बुलाया है कि आँखों से अश्रु धारा बह निकली, कुछ और बोल ही नहीं सकी।

मैं स्कूल के लिए निकल गयी थी ।

स्कूल पहुँचने पर मैडम ने पिताजी के आने के बारे में पूछा। मुझे पता तो था नहीं पर बोल दिया कि आज उनको कुछ ज़रूरी काम है पर शायद समय निकाल कर आपसे मिलने आएँगे।

दूसरा पीरियड शुरू होते ही पिताजी आ गए, मुझे बुलाया गया, सर झुकाकर, आँखों में शर्म लिए मैं वहाँ पहुँची।

पापा मैडम को मेरी उत्तर पुस्तिकाएँ दिखा चुके थे।

मुझे नहीं पता उन दोनों में क्या बात हुई। बस चलते समय मैम ने उनसे कहा कि आपकी बेटी इस साल पास नहीं हो सकती।

आप रहने दीजिए और इसे दोबारा से छटी कक्षा करवाइये। पापा कुछ नहीं बोले और मुझे लेकर वापिस घर आ गए।

उन्होंने मुझे अपने पास बैठाया, प्यार से मेरे सर पे हाथ फिराया। पूछा – डर गयी थी न बेटा? मैं तुझ पर ध्यान नहीं दे पाया। अपने काम

में थोड़ा अधिक व्यस्त हो गया था।

कोई बात नहीं, अब से और आज ही से मैं तुझे पढ़ाऊँगा।

हम दोनों मेहनत करेंगे और देखना तुझे यही कक्षा दोबारा पढ़ने की कोई आवश्यकता नहीं पड़ेगी।

आँखों से आँसू रुक ही नहीं रहे थे। ठान लिया था कि ऐसा दोबारा कभी नहीं करूँगी और अब पिताजी के साथ मिलकर खूब मेहनत करनी है और पास तो मुझे होना ही है।

ट्यूशन छोड़ दिया। बस फिर क्या उसी दिन से एक-एक अध्याय पापा ने पढ़ाना शुरू किया, रोज़ आफिस से आने पर थके होने के बाद भी निरंतर मुझे पढ़ाते।

मुझे सब समझ आता जा रहा था। स्वयं भी पढ़ाए गए सभी पाठों का अभ्यास करती। ऐसे ही निरंतर अभ्यास करते - करते वार्षिक परीक्षाएँ समीप आ गईं।

हमने अपना अभ्यास और बढ़ा दिया। रात में देर तक पढ़ते। मुझे पास होने व पिछला सब हिसाब पूरा करने के लिए भी अधिक से अधिक अंक लाने थे।

परीक्षाएँ शुरू हुईं। पिताजी ने कहा शांत मस्तिष्क से जितना आता हो वो करके आना बाकी चिंता करने की कोई आवश्यकता नहीं।

मैंने परीक्षाएँ दीं और परीक्षा के १० दिनों के बाद आखिरकार निर्णय की घड़ी आ गयी।

मैं पिताजी के साथ रिज़ल्ट लेने स्कूल गयी। मेरे साथ-साथ उनके मन में भी मेरे रिज़ल्ट को लेकर बेचैनी थी।

वो कह नहीं रहे थे पर उनके हाव-भाव से ये स्पष्ट हो रहा था। मेरी कक्षाध्यापिका ने मुझे और पापाजी को पास बुलाया और विनम्रता से उनसे पूछा – आपने क्या जादू किया भाई साहब !

आपकी बेटी टॉप टेन में आ गयी है। आपने ये किया कैसे ? पापाजी के चेहरे पे खुशी मैं साफ देख सकती थी। उनकी मेहनत सफल हुई थी।

एक संतुष्टि का भाव जैसे हाँ मैंने उनकी बात की लाज रख ली, वही बात जो उन्होंने मेरी कक्षाध्यापिका से कही थी कि आप ऐसा न कहें कि मेरी बेटी फेल हो जाएगी, इस बार पास होना इसके बस का नहीं।

अनुकरणीय

मैं बिना इसको बताए आपसे ये वादा करता हूँ कि ये न सिर्फ पास होगी बल्कि आपकी क्लास के टॉप टेन बच्चों में भी अपना स्थान बनाएगी। मुझे किसी तरह का कोई मानसिक तनाव न हो इसलिए मुझे बताया भी नहीं की मुझे टॉप १० में आना है।

पिताजी ने मेरा परिणाम पत्र मेरे हाथों में थमाते हुए मेरे सर पर हाथ रखा, उनकी आँखों में नमी थी पर फिर भी चेहरे पर मुस्कान लिए मुझे शाबाशी दे रहे थे। उस दिन से मेरे पापा मेरे आदर्श हैं और हमेशा रहेंगे।

मैम को अपनी बात पर पछतावा था। उन्होंने माना कि उन्हें किसी भी बच्चे को ऐसे निरुत्साहित नहीं करना चाहिए।

उन्होंने दिल खोलकर मुझे शाबाशी दी और बाकी अध्यापकों को भी मेरे बारे में बताया।

2
ज़िन्दगी परीक्षा लेती है

ये कहानी किसी और की है पर कथावाचक का किरदार यहाँ मैं निभा रही हूँ।

ज़िन्दगी परीक्षा लेती है और कभी-कभी सच में प्रश्न पत्र काफी कठिन आ जाता है और इस परीक्षा में बहुत से लोग अंदर से टूट जाते हैं। कुछ समय निराशा सब को घेर सकती है, आँसू भी आ सकते हैं।

पर हीरो वो जो आँसूओं को पोंछकर, निराशा को दूर कर आगे बढ़े, अपने लिए, अपनों के लिए।

ऐसे ही जीवन की कठिनतम परीक्षाएँ देने के बाद, बहुत सी अमूल्य वस्तुएँ खोने के बाद जीवन से उपहार पाने की, कई बार गिरकर भी वापिस खड़े होकर अपनों के लिए जीने की कहानी है ये।

हमारी कहानी हम बच्चों की ज़ुबानी। बहुत छोटी थी मैं यही कोई डेढ़ - दो साल की, दो भैया दोनों मुझसे बड़े, एक 6 और एक 8 साल के थे।

उस समय पिताजी राजनीती में थे, उनका एक होटल भी था और घर में किसी चीज़ की कोई कमी नहीं थी।

हमारे माँगने से पहले तो पिताजी वो चीज़ घर ले आया करते थे। माँ भी हमें बहुत प्यार किया करती थी, दिन भर हमारा ध्यान रखा करती। शाम को पापा के साथ हम खूब मस्ती किया करते थे।

वो ढेर सारी खाने-पीने की चीज़ें लाया करते थे । ज़िन्दगी अच्छे से बीत रही थी, किसी चीज़ की कोई कमी नहीं थी।

हम तो मासूम थे, तो हमे तो ज़िन्दगी खिलौनों और मिठाईओं से भरी एक कहानी लगा करती, जिसमे कोई भी परेशानी हो तो पिताजी हमारे हीरो, कुछ भी गलत होने पर वो झट से हीरो की तरह सब संभाल ही लेंगे ।

पर जीवन इतना सरल नहीं है न !! ज़िन्दगी परीक्षा लेती है । वो कहते हैं न सुख हो या दुख अधिक देर नहीं रहते। दोनों आते-जाते रहते हैं। तो भला हम इस से कैसे बच सकते थे !!!

ज़िन्दगी ने परीक्षा ली। सरकारी नियमों में कुछ बदलाव के कारण पापा को वो होटल बेचना पड़ा।

उन्होंने बहुत कोशिश की उसे बचाने की, पर वो उसे नहीं बचा पाए और आख़िरकार होटल बिक गया और कुछ ख़ास पैसे भी नहीं मिले।

कल जिनके पास सब कुछ था, आज खाली हाथ खड़े थे।

पिताजी को समझ नहीं आ रहा था की क्या करें, अब वो घर को कैसे चलाएँगे, यही विचार बार - बार उनके मस्तिष्क को परेशान कर रहा था ।

अब क्या होगा आगे, यही सोचकर वो बहुत परेशान हो रहे थे और देर रात तक वहीं होटल के सामने अपना सर पकड़ कर उदास बैठे थे।

पर कुछ ही देर में उनकी आँखों के सामने उन्हें हमारे चेहरे दिखने लगे और मन ने कहा कि नहीं मैं ऐसे नहीं टूट सकता ! मुझे कुछ तो करना ही होगा।

तो क्या हुआ जो उस दिन अचानक से ज़िन्दगी ने लिया इम्तिहान था, भगवान ने हम सबको साथ रखा था, तो ये भी कहाँ कम था !

हमें तो पता ही था की हमारे हीरो तो हमारे पिताजी ही हैं, वो सब कुछ जल्दी से ठीक कर ही देंगे। ज़िन्दगी ने जो दी थी चुनौती, उसे माँ और पिताजी ने मिलकर स्वीकारा था ।

उन्होंने कहा की जब हम सब साथ हैं तो कुछ न कुछ तो हो ही जाएगा। उसके बाद हम माँ के पास रहे और पिताजी एक नयी शुरुआत करने के लिए अलग-अलग जगहों पर रहे।

उन्होंने कई सारे छोटे-बड़े, हर तरह के काम किये।

कभी केबल का काम तो कभी कुछ और पर हर महीने कैसे भी करके समय से पहले हम तक पैसे पहुँचा दिया करते थे। यहाँ माँ हमे पढ़ातीं और हमारा ध्यान रखा करती थीं ।

उस समय वो हमारे लिए माँ और पिताजी दोनों बन गयीं थीं ।

वो हमें माँ और पिता दोनों का प्यार दिया करतीं।

पापा ने बहुत मेहनत की, वो छुट्टी भी नहीं लिया करते थे की पैसे न कट जाएँ और इस सब में वो हमसे और माँ से ८ साल दूर रहे।

पर फिर भी मन में विश्वास था की जल्द ही ज़िन्दगी उपहार भी देगी क्योंकि इतने अच्छे से,

धैर्य पूर्वक उसके द्वारा दी गयीं सभी परीक्षाएँ उत्तीर्ण जो की थीं।

इन ८ सालों में पिताजी ने फिर से स्वयं को स्थापित किया और अब हम सब साथ रहने लगे थे।

मैं तो छोटी थी तो अधिक कुछ समझ न पाती पर माँ और पिताजी के साथ-साथ दोनों भैया भी अब ज़िन्दगी को अच्छे से समझने लगे थे।

हमें हमारे भगवान, माँ और पिताजी ने कभी कोई कमी नहीं लगने दी, हम तीनो को ही उन्होंने अच्छे से अच्छे विद्यालयों में पढ़ाया और तब ज़िन्दगी ने हमें उपहार दिया। पिताजी राजनीती में एक अच्छे पद पर नियुक्त हो गए थे।

दोनों भैया और मैं भी अपने-अपने क्षेत्र में अच्छे पदों पर नियुक्त थे।

हम सबके मन में अहसास था की अब तो अच्छे दिन शुरू होने वाले हैं, अब हम सब हमेशा साथ रहेंगे और ढेर सारी खुशियाँ होंगी जिन्हे हम सब मिलकर मनाएँगे ।

पर ये जीवन विद्यालय जैसा नहीं है न जहाँ परीक्षाएँ शुरू होने से पहले समय-सारिणी दी जाए की कौन सी परीक्षा किस दिन है और हम सब उसके अनुसार स्वयं को तैयार कर सकें। ये ज़िन्दगी है, परीक्षा पूछ कर नहीं लेती।

अभी खुशियों का क शुरू ही हुआ था की अचानक एक दिन माँ के सीने में बहुत ज़ोर से दर्द होने लगा, उन्हें अस्पताल में भरती कराना पड़ा और कुछ ही दिनों में पता लगा की माँ को कैंसर है।

वो होता है न की किसी ने बहुत ऊँचाई पर चढ़ा कर अचानक से ज़ोर से नीचे गिरा दिया हो बस कुछ ऐसा ही मानसिक आघात हम सबको लगा था।

अभी कुछ समय पहले ही तो माँ और पिताजी ने इतनी कठिन परीक्षाएँ न ही सिर्फ दी थीं बल्कि बहुत ही अच्छे से उत्तीर्ण भी की थीं।

पर कहा जाता है न की गुरु सबसे कठिन प्रश्न पत्र अपने प्रिय शिष्य को देते हैं तो बस शायद ज़िन्दगी रुपी गुरु के वो प्रिय शिष्य माँ और पिताजी ही थे।

अब क्योंकि हम भी बड़े हो चुके थे तो इस बार इस परीक्षा का हिस्सा हम भी थे।

एक चैन था कहीं दिल में की अब कम से कम पैसे तो हैं पास में, तो हम जल्द ही माँ का उपचार अच्छे अस्पताल में करा कर इस कैंसर रुपी शत्रु को हरा देंगे।

बहुत इलाज़ कराया, कैंसर के सबसे अच्छे डॉक्टरों को भी दिखाया, माँ के चेहरे से लगा करता की वो जीना चाहती थीं, हमारे साथ बहुत सी खुशियाँ बाँटना चाहती थीं।

पापा ने अपनी पूरी शक्ति लगा दी माँ को बचाने में, पर हम सिर्फ स्वयं पर नियंत्रण रख सकते हैं न, जीवन और मृत्यु पर कभी नहीं!!

हम माँ को नहीं बचा पाए ......

इस परीक्षा के लिए हम बिलकुल भी तैयार नहीं थे, बिलकुल भी नहीं।

पहली बार पिताजी को टूटते हुए देखा था। हम सब भगवान के सामने लाचार खड़े थे, घर का वातावरण ही बदल गया था।

पिताजी को मानसिक तनाव ने घेर लिया, अब न ही घर में समय से खाना बनता, न ही कोई किसी से बात करता था, पूरे घर में एक सन्नाटा पसरा था।

पर ऐसा सुना है न की भगवान जब कोई दुख देते हैं तो उसे सहन करने की शक्ति भी साथ में ही दे देते हैं।

तो बस पिताजी ने हमे देखकर अवश्य ही सोचा होगा की यदि इनका ध्यान सही से नहीं रखा तो माँ जहाँ से भी देख रही होंगी, बहुत दुखी हो जाएँगी।

और तब हमारे हीरो, हमारे पिताजी, पहले से और अधिक शक्ति के साथ उठ खड़े हुए थे - ज़िन्दगी के सामने !! दोनों भैया और मैंने भी उन्हें सहयोग दिया और फिर से एक बार मिलकर हमने नयी शुरुआत की।

तबसे पिताजी हमारा पहले से भी अधिक ध्यान रखते हैं। सारे रिश्ते-नाते भी निभाते हैं।

एक बार पहले माँ को पिताजी का भी किरदार निभाते देखा था, आज पिताजी हमारे लिए माँ का भी किरदार निभा रहे हैं।

सच में हमें तो आज भी वो हमारे हीरो ही नज़र आ रहे हैं।

आज हमने उन्हें बताया की आपसे ही सीखा है मुश्किलों का सामना करना, कैसा भी समय हो, धैर्य को बनाये रखना।

आपने इतना दिया है पिताजी जो वापिस करने की तो इस जन्म में हम सोच भी नहीं सकते, बस एक वचन है जो हम आपको दे सकते हैं कि अब कैसी भी परिस्थिति आ जाए, हम आपके साथ खड़े होंगे, हमेशा-हमेशा के लिए।

हम सभी की आँखें नम थीं पर फिर भी मंद-मंद मुस्कुरा रहे थे। सबके हृदय में एक अलग सी ही अनुभूति हो रही थी मानो माँ भी हमारी प्रसन्नता में साथ दे रही हों .....

3

गंतव्य

ये कहानी है आरोहण और उसके बड़े भाई हर्षित की। १९९९ के ओडिशा चक्रवाती तूफ़ान में उनके माता-पिता ने उन दोनों और कई और लोगों को बचाते हुए अपनी जान गँवा दी थी।

उसके बाद से हर्षित और आरोहण को उनके एक अंकल ने अपने साथ रख लिया था। उन्होंने उसी चक्रवाती तूफ़ान में अपने दोनों बेटों को खो दिया था।

तबसे हर्षित और उसका भाई उन्ही के साथ रहने लगे थे। कुछ ५ साल का था आरोहण जब एक सड़क दुर्घटना में उसके पैर में गहरी चोट लग गयी थी और उसका पैर काटना पड़ गया था।

हर्षित को समझ नहीं आ रहा था कि वो क्या करे , मात्र १६ साल का ही तो था।

जब भी वो उदास हुआ करता तब उसे अपने माता - पिता की बात याद आया करती, वो हमेशा कहा करते थे कि मुश्किलें हमें और हमारे मस्तिष्क को और अधिक बलिष्ट बनाती हैं।

वो हमें शक्ति देती हैं आगे के जीवन व उसमे आने वाली चुनौतियों से लड़ने के लिए।

उसे ध्यान आता है की कैसे उसके माता- पिता ने दुसरो की जान बचने के लिए अपनी जान गँवा दी थी ।

आज भी वो ये सब सोच रहा था और फिर वो अस्पताल के पलंग पर अपने भाई की तरफ देखता है, वो खुद से कहता है कि मुझे इसके लिए ही जीना होगा, मेरा भाई विश्व प्रसिद्ध खिलाडी (धावक) बनकर ही रहेगा।

आरोहण जब तीन साल का था तब टीवी में खिलाडियों को दौड़ते हुए देख कर बहुत खुश हुआ करता था और उनकी तरह भागने का प्रयास भी किया करता था। तभी से उनके पिताजी ने सोच लिया था की वो उसको एक उत्कृष्ट खिलाडी बनाएँगे।

अब वही सपना हर्षित को पूरा करना था।

वो अस्पताल में बैठा यही सब सोच रहा था कि आरोहण को होश आ जाता है और वो पैर में दर्द की वजह से ज़ोर से रोने लगता है।

हर्षित जल्दी से उठकर अपने भाई को गले लगाता है और कहता है की कोई बात नहीं 'आरु' वो तुम्हारे पैर में ना थोड़ी चोट लग गयी थी तो डॉक्टर ने उस पैर को अभी इलाज़ के लिए निकाल लिया है, कुछ समय बाद ठीक होने पर वापिस लगा देंगे।

आरोहण छोटा था, मान लेता है। वो और हर्षित अपने अंकल के साथ घर वापिस आ जाते हैं।

आरोहण को दो महीने तक आराम ही करना था। हर्षित अपने भाई को रोज़ 'ओलिंपिक दौड़' की बहुत सारे वीडियो दिखाया करता।

आरोहण उन्हें देख कर बहुत खुश होता था।

वो अक्सर अपने बड़े भाई से पुछा करता कि क्या वो भी इन सब की तरह भाग पायेगा? हर्षित उसे कहा करता हाँ-हाँ बिलकुल जैसे ही उसका पैर वापिस लगेगा, वो बहुत तेज़ दौड़ पाएगा, सबसे तेज़।

हर्षित पहले ही डॉक्टर अंकल से कृत्रिम पैर के बारे में पूछ चुका था और डॉक्टर ने बोला था कि हाँ अगर अभी से आरोहण को आदत हो जाएगी तो बड़े होने तक वो उसे उसके वास्तविक पैर की तरह ही लगने लगेगा।

आरोहण को दो महीने बाद कृत्रिम पैर लगाया गया। उसे अच्छा नहीं लग रहा था, वो बार-बार रोता और अपने भाई से बोलता की ये उसका पहले वाला पैर नहीं है, उसे अपना पहले वाला पैर ही चाहिए।

अनुकरणीय

हर्षित ने उसे समझाया कि पहले जो उसके पास पैर था न, उसमे कुछ कमी थी।

वो कुछ समय बाद वैसे भी ख़राब होने वाला था तो भगवान ने वो तुमसे ले लिया है और उसकी जगह एक नया पैर दिया है जिससे शुरू में तुम्हे परेशानी होगी लेकिन धीरे-धीरे तुम्हे उसकी आदत हो जायेगी और तुम ज़्यादा अच्छे से भाग सकोगे।

आरोहण को पहले-पहले उस पैर के साथ काफी परेशानी होती थी पर धीरे-धीरे उसने उसी के साथ जीना सीख लिया था।

वो स्कूल जाता तो कुछ बच्चे तो उसका साथ देते पर ज़्यादातर उसको चिढ़ाया करते थे।

हर्षित उसे समझाया करता की ये सब तब तक है जब तक वो एक अच्छा धावक नहीं बन जाता, पर कुछ पाने के लिए उसको कुछ तो मूल्य देना होगा न, तो बस शायद यही सब सहकर वो मूल्य चुकाया जा सके।

साथ ही साथ वो आरोहण की ट्रेनिंग शुरू करता है, रोज़ सुबह उसे दौड़ाया करता, उसके खान-पान का ध्यान रखा करता। ऐसा कई सालों तक चलता रहा।

जब-जब आरोहण गिरता तो हर्षित उसका उत्साह बढ़ाता और उसे याद दिलाता की उसे पापा का सपना पूरा करना है और तब वो फिर उठता और खुशी-खुशी दौड़ा करता।

इस तरह कई साल बीत गए, आरोहण बारहवीं कक्षा में आ चुका था और अब तक वो कई अन्तर स्कूल प्रतियोगिताएँ जीत चुका था। वो दौड़ने में काफी प्रवीण हो चुका था और अब हर्षित ने उसे कोचिंग इंस्टिट्यूट में डालने का विचार किया।

कोच सर ने पहले तो कहा कि इसके लिए संभव नहीं हो पाएगा पर फिर उन्होंने कहा कि पहले वो तीन दिन देखेंगे और फिर उन तीन दिनों में उन्होंने आरोहण की दृढ़ता और संकल्प देखा तो वो उसे सिखाने के लिए तैयार हो गए।

शुरू-शुरू में आरोहण को बहुत परेशानी होती थी, कोच सर ने उसकी ट्रेनिंग भी थोड़ी सख्त कर दी थी।

कभी - कभी उसके पैर में दर्द इतना बढ़ जाया करता कि वो दो दिन तक उठ भी नहीं पाता था पर फिर भी उसने अपने पापा का सपना पूरा करने के लिए पूरे समर्पण के साथ ट्रेनिंग पूरी की।

इस बीच उसने कई राष्ट्रीय प्रतोयोगिताओं में भाग लिया और उनमे से अधिकांश को जीता भी।

अब वो अंतर्राष्ट्रीय प्रतियोगिता में खेलने के लिए तैयार था। वो दोनों हवाई जहाज़ में बैठे थे, आरोहण ऑस्ट्रेलिया में होने वाली अंतर्राष्ट्रीय दौड़ प्रतियोगिता में खेलने के लिए जा रहा था।

हर्षित बहुत खुश था, उसने पापा का सपना जो पूरा कर दिया था, अपने भाई को एक विश्व स्तरीय धावक जो बना दिया था। खुश तो आरोहण भी बहुत था पर उसके पैर में बहुत अधिक दर्द हो रहा था।

लेकिन वो हर्षित की प्रसन्नता देख उसको अपने दर्द के बारे में कुछ नहीं बताता है।

स्टेडियम में आरोहण दौड़ने के लिए तैयार खड़ा था, वो पलट कर अपने भाई हर्षित को देखता है।

हर्षित उसे 'आल द बेस्ट' कहता है। दौड़ शुरू होती है, आरोहण धीरे - धीरे दौड़ना शुरू करता है, उसकी गति धीरे - धीरे बढ़ने लगती है, वो बहुत तेज़ दौड़ रहा था, सबसे तेज़, सबसे आगे !!

पर ये क्या दौड़ पूरी होने ही वाली थी कि अचानक से आरोहण बहुत ज़ोर से गिर पड़ता है। कृत्रिम पैर उसकी जांघ से निकल का दूर गिर जाता है, उसकी जांघ से बहुत अधिक खून बह रहा था।

वो अपने पैर को पकड़कर ज़ोर से रो रहा था क्योंकि उसके ओलंपिक में जाने का सपना जो टूट गया था।

हर्षित दौड़ कर अपने भाई के पास जाता है और उसे अपने गले लगाता है। आरोहण को अस्पताल में भर्ती कराया जाता है। उसकी जांघ में उस कृत्रिम पैर की वजह से गहरा घाव हुआ था।

डॉक्टर हर्षित को बताते हैं की अब आरोहण कभी भी दौड़ नहीं पाएगा। जब-जब वो दौड़ने की कोशिश करेगा, उसका घाव और गहरा होता जाएगा, उसकी जान भी जा सकती है।

हर्षित आरोहण को लेकर वापिस भारत आ रहा था। आरोहण बहुत उदास था।

हर्षित उससे कहता है कि कोई बात नहीं यार होता है कभी-कभी, हम जो चाहते हैं वो हमे नहीं मिल पाता क्योंकि शायद उस ऊपर वाले ने हमारे लिए कुछ और सोच के रखा होता है और वैसे भी तुमने अपनी ओर से तो पूरी कोशिश की ही थी।

आरोहण कुछ बोलता नहीं है बस मुस्कुरा देता है।

हर्षित उसकी मुस्कुराहट के पीछे का दर्द साफ महसूस कर पा रहा था।

वो दोनो घर वापिस आ जाते हैं। हर्षित को बचपन से ही डायरी लिखने की आदत थी।

वो अक्सर डायरी लिखा करता और किसी को भी पढ़ने नहीं दिया करता था, हमेशा अलमारी में बंद कर के ताला लगाकर

जाता था।

उस रात हर्षित काफी देर तक ऑफिस का काम कर रहा था और उसके बाद वो डायरी लिखता है।

आरोहण को लगभग एक महीने तक आराम ही करना था। हर्षित ऑफिस चले जाया करता और आरोहण घर में अकेले दौड़ प्रतियोगिताओं के वीडियो, अपने सभी जीते हुए मेडल और दूसरे इनाम भी देखा करता था।

वो धीरे-धीरे मानसिक तनाव का शिकार हो रहा था। उसे लगने लगा की अब उसके जीवन में कुछ शेष नहीं रह गया है।

वो पापा का सपना भी कभी पूरा नहीं कर पाएगा। उसे लगने लगा कि कदाचित उसके जीवन का ये अंत है।

वो एक दिन सोचता है कि उसे आत्महत्या कर लेनी चाहिए क्योंकि अब जब ओलंपिक में जा ही नहीं पाऊँगा तो सब लोग मज़ाक उडाएँगे और भैया को भी बहुत दुख होगा। हाँ यही सही है, मुझे मर जाना चाहिए।

वो अपने भैया के लिए एक पत्र लिख कर जाना चाहता था। वो दराज से पेपर निकालता है पर वहाँ उसे हर्षित की डायरी मिलती है जो शायद कल उसने रात में देर हो जाने और थकान कि वजह से वहीं रख दी थी।

आरोहण सोचता है कि अरे भैया तो अपनी डायरी कभी ऐसे नहीं रखते तो आज कैसे भूल गए, खैर वो सोचता है की अब तो वो ये दुनिया ही छोड़कर जा रहा है तो आज तो वो ये डायरी पढ़ ही सकता है। तो वो उसे खोलकर देखता है।

उस डायरी में बचपन की, मम्मी पापा की, जहाँ – जहाँ वो घूमने गए थे वहाँ की, और आरोहण और हर्षित की भी बहुत सी यादें समायी हुई थीं । हर्षित सब कुछ याद कर के रो रहा था ।

उसमे एक जगह लिखा था कि पापा मै आपको वचन देता हूँ कि मैं अपने भाई को विश्व स्तरीय धावक अवश्य ही बनाऊँगा।

ये पढ़ने के बाद तो आरोहण और परेशान हो जाता है और सोचता है कि अब तो उसे मर ही जाना चाहिए क्योंकि ये तो अब कभी होने वाला नहीं था। वो सोचता है कि क्यों ना वो इसी डायरी में अपने भाई के लिए कुछ लिख दे।

वो आगे पन्ना पलटता है, उसमे हर्षित ने पापा के नाम एक चिट्ठी रखी थी जो शायद उसने कल रात ही लिखी थी।

आरोहन वो चिट्ठी पढता है। उसमे लिखा था पापा, उस दिन जब लहरें आपको हमसे दूर कर रहीं थीं न और आपने आशा भरी नज़रों से मेरी ओर देखा था, मैं समझ गया था पापा की आप क्या कहना चाह रहे थे।

आपकी आँखों में देख पा रहा था कि आप मुझे आरोहण की ज़िम्मेदारी सौंप रहे थे। मैंने अपनी ज़िम्मेदारी निभाई है पापा। आपका बेटा विश्वस्तरीय धावक बन चुका है पापा, बन चुका है।

पर शायद आपको ये नहीं पता है कि जब आपने ये सोचा था तब बात कुछ और थी लेकिन आपके जाने के बाद मेरे छोटे भाई ने अपना पैर खोकर भी बहुत मेहनत और कष्ट सहकर भी आपकी इच्छा पूरी की है।

हार-जीत तो चलती रहती है न पापा, पर मुझे पता है कि भगवान मेरे भाई से कुछ और बड़ा कराना चाहते हैं जो शायद उसके लिए अधिक अच्छा होगा।

डॉक्टर ने कहा है कि मेरा भाई अब कभी भी तेज़ दौड़ नहीं पायेगा। तो क्या हुआ, बहुत से लोग हैं इस दुनिया में जो चल भी नहीं सकते और

फिर मेरा भाई कमज़ोर नहीं है, आप देखना वो जल्द ही कुछ बड़ा काम करेगा।

मझे पता है की अभी वो बहुत परेशान है, तो क्या हुआ परेशान तो हो सकते हैं न, बस ज़रूरी है जल्दी से उससे बाहर निकल आना और उसके बड़े भाई ने उसे मस्तिष्क से इतना बलवान तो बनाया ही है की वो जल्दी ही इस सब से बाहर निकल कर एक नयी शुरुआत करेगा।

आप चिंता न करना पापा, मैं अपने भाई को जानता हूँ, उसे दुनिया क्या कहेगी से कोई फ़र्क़ नहीं पड़ता और वो कभी भी कुछ भी गलत करने की सोच ही नहीं सकता।

क्योंकि वो जानता है की उसका बड़ा भाई उससे कितना प्रेम करता है और सबसे बड़ी बात, मैं ये जानता हूँ की मेरा छोटा भाई मुझसे कितना प्रेम करता है।

वो मरने की बात कभी सोच भी नहीं सकता क्योंकि वो मुझे दुखी नहीं देख सकता। मेरा प्यारा भाई आरोहण और मैं एक दूसरे के बिना अधूरे हैं पापा, आप देखना हम दोनों मिलकर एक नयी शुरुआत करेंगे और फिर जल्द ही मैं आपको एक और चिट्टी लिखूँगा। आपका हर्षित।

आरोहण ये पढ़कर स्तब्ध था। उसको जैसे फिर से ज़िन्दगी मिल गयी थी। उसे कुछ समझ ही नहीं आ रहा था, उस चिट्ठी को अपने ह्रदय से लगाए वो ज़ोर-ज़ोर से रो रहा था।

उसे समझ नहीं आ रहा था कि वो क्या करने जा रहा था। कैसे मरने की बात सोचने लगा था !! वो हर्षित को फ़ोन करता है और उससे कहता है कि भैया मैं एक नयी शुरुआत के लिए तैयार हूँ।

हर्षित बहुत खुश होता है और शाम को घर आकर ज़ोर से अपने छोटे भाई को गले लगाता है। अब दोनों की पलकें भीगी थीं पर इस बार आँसूं खुशी के थे।

आरोहण की कहानी सुनकर, सब ज़ोर से ताली बजा रहे थे।

आरोहण, एक सॉफ्टवेयर कंपनी का मालिक है और वो अपने कर्मचारियों को एक प्रेरणादायक कहानी सुना रहा था। सबकी आँखों में आँसूं थे और आँखें तो उसकी भी नम थी।

आज उसे समझ आया था बिंदुओं के जोड़(कनेक्टिंग द डॉट्स) का खेल।

वो सारे बिंदुओं को जोड़ कर देख रहा था, मम्मी-पापा की मृत्यु, उसके पैर में चोट लगना, कृत्रिम पैर, वो ऑस्ट्रेलिया में रेस में हार जाना, वो डॉक्टर का उसे दौड़ने के लिए मना करना, उसका आत्महत्या के बारे में सोचना और फिर उसके बड़े भाई की चिट्ठी का मिलना।

वो सोच रहा था कि यदि ये सब नहीं हुआ होता तो आज वो जो है वो नहीं बन पाता न।

वो समझ चुका था कि जीवन में सब कुछ हमारे अनुसार नहीं होता, हम सिर्फ पूरी श्रद्धा और समर्पण के साथ मेहनत कर सकते हैं बाकी जीवन तो संघर्ष का नाम है और वो हमें जैसी भी चुनौतियां दे, हमें बस उन्हें स्वीकार करते जाना है और तब हम उन चुनौतियों का हल अवश्य ही निकल पाएँगे।

वो जान गया था कि जीवन जीने का नाम है, क्योंकि मृत्यु तो हर पल वैसे भी पास आ ही रही है और सबसे अधिक महत्वपूर्ण - वो जान चुका था की

" आत्महत्या गंतव्य नहीं , गंतव्य जीवन है। "

4
माता-पिता से प्रतिशोध !!

अपने माता-पिता से परेशान होकर एक बार ऐसे ही गुस्से में स्वप्निल घर से दूर निकल आया था, वहीं थोड़ी दूर नदी के किनारे जाकर वो बैठ गया और भगवान को कोसने लगा की आपने मेरे साथ ऐसा क्यूँ किया है !!!?

तभी भगवान ने उसे दर्शन दिए। वे बोले क्यों इतना परेशान है, ऐसा क्या कर दिया मैंने जो तू मुझसे इतना नाराज़ है?

मैं गुस्सा हूँ आपसे,
जो आपने ऐसे घर में मुझे पैदा किया है,
ऐसे माता पिता दिए मुझे,
हर समय वे ताने देते हैं।
अरे क्या अनोखा काम है किया,
जगत में सभी माता-पिता अपने
बच्चों पर जान देते हैं।
ऐसा खास किया ही क्या है?
जब मुझे पैदा किया है तो
ध्यान रखना भी तो उन्हीं का काम है।
मैंने देखे है बहुत से बच्चे

जो ज़्यादा खास कुछ नहीं करते,
पर उनके माता-पिता तब भी उन्हें
सर पर हैं अपने बिठाते।
अरे बड़ा हो गया हूँ,
अपने फैसले स्वयं हूँ ले सकता,
फिर बार-बार क्यों मुझे वो
मेरी गलतियाँ हैं बताते,
मुझे नहीं लेनी उनसे सलाह कोई,
क्यों हर पल मुझे ही देखा करते हैं?
मेरे दोस्तों से परेशानी,
मै कुछ करूँ उससे परेशानी,
और तो और मेरी पत्नी से भी परेशानी।
जब बच्चों से है इतनी परेशानी,
तो मैं कैसे मान लूँ उनकी मनमानी।
नहीं अब और नहीं,
मुझे उनको सबक सिखाना होगा,
यदि मैं ना रहूँ उनके पास,
तो क्या हाल होगा उनका,
ये मुझे उन्हें दिखाना होगा।
भगवान सब शांति से सुन रहे थे,
पर अचानक उसकी ये बात सुनकर,
क्रोध से भर आए थे भगवान,
जीवन की सबसे अमूल्य भेंट पास
होने पर भी ये नहीं जान पा रहा उन्हें महान।
इतना बढ़ा लिया है इसने अहम्
की अच्छाई में भी मात्र गलती ही
देख रहा है ,
आँखों पर बंधी इस अहम् की पट्टी
से वो भी देखने लगा है जो हुआ भी
नहीं है।

सब कुछ है बुरा लगता, चाहे वो बात
उसके पते की ही करते हैं।
मात्र अपने ही सुख को आगे जान
भूल रहा है, माता-पिता का सम्मान।
इसने माता-पिता को ही नहीं,
मुझे भी आघात पहुँचाया है,
इसे सबक सीखाना ही होगा,
इसे घमंड है कि इसके बिना उनका क्या होगा,
तो पहले मुझे उनकी अनुपस्थिति का अनुभव
इसको कराना होगा।

ये सोचते ही वो अन्तर्ध्यान हो गए, कुछ पलों का विस्मरण उसे भी हुआ, भूल गया कि क्यों बैठा था वहाँ।

उठ कर घर की ओर चला, घर से खिलखिलाने कि आवाज़ आ रही थी। घर में उसकी पत्नी उसकी बेटी के साथ खेल रही थी।

उसने अपनी पत्नी से पुछा की माँ और पिताजी कहाँ हैं ?

पत्नी बोली, वो सुबह से कहीं चले गए हैं, अभी तक लौट कर नहीं आए। ये सुनकर वो थोड़ा घबराया, शाम होती देख उसने कई लोगों को फोन लगाया पर माता-पिता का उसे कुछ पता नहीं मिल पाया।

पत्नी बोली, ठीक है ना कुछ दिन तो चैन से बीतेंगे।

बहुत रोकते-टोकते थे ना, अब देखते हैं, हमारे बिना कैसे सुख से रहेंगे। कई जगह फोन लगाकर वो सो गया, उस रात उसे एक सपना आया, आँख खुली तो स्वयं को सड़क के किनारे पाया।

ठिठुरती सर्दी, फटे कपड़ो में वो कटोरा लेकर भीक माँग रहा था। दूर खड़े एक बच्चे के माता-पिता को उस बच्चे को प्यार से स्कूल बस में चढ़ाते हुए ताक रहा था। बस्ता उस बच्चे के पास था, बस्ता इसके पास भी था।

उसका पुस्तकों से भरा और इसका कुछ फटे-पुराने कपड़ों से भरा था। वहाँ माँ उसे खिलाते हुए बस में चढ़ा रही थी, यहाँ ये दो टुकड़ों के लिए दूसरों का मुह ताक रहा था।

ना खाने का पता,

ना रहने का ठिकाना,
कोई भी तो नहीं था
जिसे वो कह सके अपना।
वहाँ वो चैन से माता-पिता के साथ घर में था सोया,
ये यहाँ ढूँढ रहा था अपने लिए एक बिछौना।
मात्र एक रात थी उसने ऐसे बिताई और
अचानक से याद हो आयी उसे माता-पिता की सारी अच्छाई।
सुबह आँख खुली तो चेहरा पसीने में भीगा था।

उठकर चारों तरफ देखा तो समझ गया की ये तो अपना ही घर था। समझ गया की ये एक डरावना सपना था तभी दरवाजे पर दस्तक हुई, बैंक वाले, कार और घर की किशत लेने वाले आए थे।

सब साथ रहेंगे ये सोचकर, पिताजी ने बड़ा घर बनवाया था। घर के साथ - साथ ऐसे ही बहुत सी चीजों की किशत पिताजी भर रहे थे।

वो बिना जताए, अपने बच्चों के सुख का ध्यान रख रहे थे, बस बच्चों से अपने प्रति थोड़े मान -सम्मान की अपेक्षा रखते थे।

स्वप्निल के पास इतने पैसे नहीं थे की वो ये सारी किशत भर सके, वो सोचता है की और कुछ नहीं तो कम से कम अपने घर को तो सुरक्षित करना ही होगा उसे।

तभी पता चलता है कि जिस फैक्ट्री में वो काम करता था, कुछ कारणों से वो बंद हो रही है, उसकी नौकरी भी चली गई,

अब उसे कुछ समझ नहीं आ रहा था की वो क्या करे , कैसे अपना घर बचाए, अब वो कैसे अपने परिवार का भरण-पोषण कर पाएगा ?

उसी रात उसकी पत्नी और बेटी पिज़्ज़ा कि ज़िद करती है और गुस्से के कारण वो उन्हें ज़ोर से डाँट देता है कि पैसों की कद्र नहीं है, यहाँ मैं इतना परेशान हूँ, इतने खर्चे हैं मेरे ऊपर और तुम दोनों को पिज़्ज़ा की पड़ी है।

वो बहुत ज़्यादा परेशान हो जाता है क्योंकि यदि उसने अगले एक हफ्ते में लोन के पैसे नहीं चुकाए तो घर खाली करना पड़ सकता है, वो उठकर बाहर चला जाता है, और पैदल-पैदल दूर सड़क पर निकल जाता है।

वो अपने उन दोस्तों को फोन करता है जो उसे अपना कहते थे और अपनी सहायता के लिए याचना करता है।

सबके पास अनेक बहाने थे, कोई मदद नहीं करता, उल्टे सब सलाह देते हैं कि जब पैसे कम हो तो इतने लोन नहीं लेने चाहिए।

वो यही सब सोचता हुए चले जा रहा था की सामने से आती गाड़ी से उसकी टक्कर हो गई वो बेहोश हो गया था, उसके सर पर काफी चोट आई थी। संयोगवश उस कार में उसके पापा के दोस्त बैठे थे।

वो उसे जल्दी से गाड़ी में बैठा कर अस्पताल ले जाते हैं और उसकी पत्नी को फोन करके सब बताते हैं।

वो उसे जल्दी से अपने सास-ससुर के साथ अस्पताल में आने के लिए कहते हैं।

कुछ ही देर में संजना अपनी बेटी को लेकर अस्पताल में पहुँच जाती है।

स्वप्निल अभी तक बेहोश था, संजना उसके पलंग पर सर रखकर रोने लगती है। उसके अंकल समझाते हैं उसे की डॉक्टर ने कहा है की स्वप्निल जल्दी ठीक हो जाएगा।

फिर वो उससे पूछते हैं की उसके सास-ससुर कहाँ हैं ? संजना के पास कोई जवाब नहीं था।

तभी डॉक्टर आकर उन्हें बताते हैं की स्वप्निल का ऑपरेशन करना पड़ेगा और उसके लिए ५ लाख रुपए आज ही जमा करने होंगे।

संजना बहुत घबरा जाती है की इतने पैसे वो कहाँ से लाएगी।

वो अपने सारे दोस्तों को और स्वप्निल के भी दोस्तों को फ़ोन करके सहायता माँगती है पर कोई आगे नहीं आता।

डॉक्टर का कहना था की यदि आज रात तक ५ लाख रुपए जमा नहीं किये गए तो स्वप्निल को बचा पाना मुश्किल हो जाएगा।

अब उसे अपने सास-ससुर याद आ रहे थे।

वो भगवान् के आगे हाथ जोड़ती है की कहीं से भी वो उसके सास-ससुर को उनके पास ले आएँ।

स्वप्निल के अंकल संजना को बताते हैं की स्वप्निल के पापा ने उसके लिए हेल्थ इन्शुरन्स ले रखा है।

वो बताते हैं की उन दोनों ने अपने बच्चों की पॉलिसी साथ में कराई थी। जल्दी से उसे मँगवालो।

पालिसी १० लाख की है। सारा खर्चा संभल जाएगा।

संजना जल्दी से घर जाती है और अपनी सासू माँ की अलमारी में देखती है, उसे वहाँ पॉलिसी मिल जाती है।

वो जल्दी से अस्पताल पहुँच जाती है, और पॉलिसी अंकल को पकड़ाती है। वो फिर पूछते हैं की पापा कहाँ हैं तुम्हारे ?

संजना रोने लगती है और अंकल को बताती है की वो दो दिन पहले ही कहीं चले गए हैं।

अंकल हैरान हो जाते हैं और पूछते हैं की ऐसे कैसे कहीं चले गए? तुम लोगों ने ऐसा क्या किया मेरे दोस्त और भाभी के साथ?

तुम्हारे साथ तो ये होना ही चाहिए था। तुम जैसे आज कल के बच्चों को बड़ों की मामूली सी रोक-टोक भी बड़ी बुरी लगती है , उनका प्यार नहीं दिखता ?

पर याद रखो अभी भी तुम्हारे पति का इलाज़ तुम्हारे सास-ससुर के कारण ही हो पा रहा है। ऐसा कहकर अंकल वहाँ से चले जाते हैं।

कुछ ही दिन में स्वप्निल घर जाने लायक हो जाता है।

वो कार में बैठकर उसी रास्ते से जा रहा था जहाँ वो नदी पड़ती थी। तभी अचानक से उनकी कार के सामने एक ट्रक आ जाता है और कार का ड्राइवर ज़ोर से ब्रेक लगाता है और फिर ...

स्वप्निल की आँख खुल जाती है। प्रभु अब भी उसके सामने खड़े थे।

वो पूछते हैं उससे की उनको वो वहाँ खड़ा करके कहाँ खो गया था?

उसे तो कुछ शिकायत थी न जो वो उनसे करना चाहता था कुछ माता पिता के बारे में, तो वो उससे कहते हैं की बताओ जल्दी क्या समस्या है?

स्वप्निल घबरा कर स्वयं को और स्वयं के चारों तरफ देखता है फिर भगवान से कहता है की नहीं कुछ नहीं कहना आपसे मुझे।

मैं तो आपका धन्यवाद करना चाहता था की आपने मुझ पर माता-पिता की छत्र छाया बनाये रखी है।

आप बस मुझे इतना आशीर्वाद दें की उनकी छात्र छाया यूँही मुझपर सदा बनी रहे और वो हमेशा बहुत खुश रहे, हम सब सदैव यूँही साथ –

साथ रहे।

यह कह कर वो तेजी से अपने घर की ओर दौड़ता है और जाते ही अपने पिताजी के चरणों में गिर जाता है।

उसके पिताजी उसे उठाकर गले लगाते हैं और कहते हैं कोई बात नहीं बेटा, तुझे हमारे साथ रहना पसंद नहीं तो तुम अलग रह सकते हो।

वो रोने लगता है और कहता है नहीं पिताजी, मुझे क्षमा कर दीजिये, मैं समझ चूका हूँ की मैं आपके बिना कुछ भी नहीं हूँ।

पिताजी कहते हैं बेटा हम भी तेरे बिना नहीं रह सकते, *परिवार मुझसे या तुझसे नहीं, हम सबसे है।*

छोटी-मोटी नोंक-झोंक तो चलती रहती है पर हमें इन सबसे ऊपर हमारे हृदय में बसे एक दुसरे के लिए प्रेम को रखना चाहिए।

पिताजी माँ को आवाज़ लगाते हैं की ले आओ भाई अपने बेटे की पसंद की पनीर की सब्जी, ये हमारे पास लौट आया है।

मैं न कहता था, शाम तक वापिस आ जाएगा हमारा बेटा।

माँ भी मुस्कुराती हुई आती हैं और कहती है की मैं भी तो यही कह रही थी आपसे की ये जल्द ही लौट आएगा।

सब हँसते हुए एक साथ भोजन कर रहे थे।

स्वप्निल घर के मंदिर में रखी हुई भगवान की मूर्ति को देख मन ही मन उनको धन्यवाद दे रहा था।

5
अनुकरणीय

सास-ससुर से बहुत परेशान होकर निशा अपने मायके आयी थी। उसके हृदय में प्रसन्नता और चैन था की अब उसके कुछ दिन तो अच्छे से बीतेंगे। एक-दो दिन तो सब ठीक रहा, बड़े दिन बाद जो मायके गयी थी।

उसके भैया-भाभी भी बड़ी ही प्रसन्नता से उससे मिले।

कुछ दिनों तक सब मिलकर बाहर घूमने भी जाया करते। निशा की भाभी उसी की पसंद के व्यंजन बनाती पर थोड़े ही दिनों के बाद उसे अपनी भाभी के व्यवहार में बदलाव दिखाई देने लगा,

वो उससे और उसके माता-पिता से कुछ उखड़ी-उखड़ी रहती, मम्मी भी निशा से उसकी भाभी की बुराई किया करतीं थीं।

निशा के विवाह के पहले जैसा अब उसके मायके में कुछ नहीं था, वहाँ सब बदल गया था, कुछ ही दिनों में भाभी का अपने माँ - पिताजी के लिए व्यवहार देख उसे अपने सास-ससुर याद आने लगे।

उसे अपने घर की याद आने लगी जिसको शायद उसने अभी तक अपना माना ही नहीं था।

उसे याद आने लगा कि कैसे उसके ससुर उसके थोड़े से बीमार होने पर ही, दुनिया भर के देसी इलाज उसके लिए तुरंत शुरू कर देते थे, वो उसे डॉक्टर के पास जल्दी से ले जाने को अपने बेटे से भी कहते थे।

उसको बीमार देखकर वो परेशान हो जाते थे। बार-बार उसके सास-ससुर उससे पूछते थे की बेटा अब तबियत कैसी है।

उसे याद आने लगा सासु माँ का उससे उसके प्रिय व्यंजन के बारे में पूछना।

क्या खाने का मन है बेटा, बता मैं वही बना दूंगी तेरे लिए।

उसे याद आता है सास-ससुर का बहु के लिए अपने ही बेटे को डाँटना, वो सासु माँ का सदैव उसके लिए कुछ न कुछ लेकर आना जब कभी भी वो बाज़ार जाती थीं।

उसे याद आ रहा था की कैसे उसने ससुराल से मिले किसी भी उपहार, किसी भी चीज़ का कभी ध्यान नहीं रखा, उसे तो माँ का ही दिया सब पसंद आता था।

उसे याद आ रहा था की उसको कहीं भी आने-जाने के लिए कोई रोक-टोक नहीं थी उसके ससुराल में। वो कुछ भी पहन सकती थी, मॉडर्न कपड़े भी, उसके लिए कोई रोक-टोक नहीं थी।

वो बस इतना कहते थे की कहाँ जा रहे हो बताकर जाओ और यदि कभी उन्हें कुछ गलत लगता, ज़्यादा रात या गलत समय में बाहर जाना तो बस समझाया करते थे, पर क्या ये वो उसकी सुरक्षा और उनके हृदय में निशा के लिए प्रेम की वजह से नहीं करते थे।

उसे याद आता है की कैसे उसे अपने सास-ससुर की मामूली सी रोक टोक भी इतनी बुरी लगती थी कि जैसे वो हर समय उसे परेशान करने के लिए ही ऐसा करते हैं।

आज उसे याद आ रहा था कि ये सब टोकते तो वो अपने बच्चों को भी थे, ऐसे ही जैसे मुझे टोकते थे।

आज उसे अपनी सासु माँ का रूआँसा चेहरा याद आ रहा था, जब वो अपने मायके आ रही थी।

तब तो उसे लग रहा था की सारा काम खुद करना पड़ेगा, इसलिए ऐसा चेहरा बनाया है। पर आज उसे उनके चेहरे की उदासी में छुपा अपने लिए प्यार दिख रहा था।

वो सोच रही थी की ठीक है न मैं सोचती हूँ की वो मुझे अपनी बेटी जैसा नहीं समझते, पर क्या मैंने उन्हें अपने माता-पिता जितना सम्मान दिया है कभी ?!!!

आज अपनी भाभी को अपने जैसा जानकार निशा बहुत दुखी थी। वो जल्दी से लौट आना चाहती थी अपने माता- पिता, अपने सास- ससुर के पास और उन्हें बताना चाहती थी की हाँ मैं आपसे ढेर सारा प्यार करती हूँ और मुझे आपकी बहुत याद आयी वहाँ,

हाँ मुझे पता है हर समय तो बीमार रहते हैं आप, मेरे बिना ज़्यादा दिन अपना ध्यान नहीं रख पाएँगे और इसीलिए मैं वापिस आपके पास आ गयी हूँ ।

वो कुछ ही दिनों में अपने घर वापिस लौट आती है। घर में सब बहुत प्रसन्न होते हैं। निशा रात को अपनी सासु माँ से पूछती है, मम्मी क्या बनाऊँ खाने में और उधर से आवाज़ आती है, निशा तुझे इतनी बार कहा है अपने कपडे अलमारी में सही से रख दिया कर !!

निशा मन ही मन हँस रही थी और जाकर मम्मी के गले में हाथ डालकर कहती है की अरे मम्मी अगर कुछ उल्टा-पुल्टा काम ही नहीं करुँगी तो घर में करने को तो कोई बात ही नहीं होगी और मैं आपकी प्यारी सी डाँट कैसे सुनुँगी।

माँ निशा के ऐसे बोल सुनकर थोड़ी हैरान थीं पर फिर कुछ ही पल में माँ और निशा दोनों ही हँस रहे थे। माँ कह रहीं थी की तू इतने दिन बाद आयी है, ला बता आज मैं तेरे लिए तेरी पसंद का खाना बनाती हूँ ।

अरे नहीं आज तो मैं आपकी पसंद का खाना बनाऊँगी इतने दिनों से मेरे हाथ का बना खाना खाया ही नहीं आपने। निशा बोली।

उधर ससुर जी आवाज़ लगा रहे थे, अरे भाई तुम दोनों बात ही करती रहोगी की खाना भी दोगी।

अब क्योंकि निशा इस घर को अपना घर समझने लगी थी तो बिना किसी के कहे घर को अच्छे से साफ़ रखा करती ।

वो मन से अपने घर को अपना चुकी थी । पहले जहाँ उसे सिर्फ अपनी माँ से बात करना पसंद था, आज वही अपनी माँ के फ़ोन आने पर उनसे कह रही थी, मम्मी, मेरी सासु माँ के सर में दर्द हो रहा है, मैं उनके सर में तेल लगाने के बाद आपसे बात करती हूँ।

निशा समझ चुकी थी की इतने अनमोल संबंधों के सामने ये छोटी-मोटी नोक-झोंक कोई विशेष महत्व नहीं रखती।

वो बड़े हैं, भगवान ने उन्हें मुझसे बड़ा बनाया है, इतना कुछ और कभी-कभी तो इससे भी कहीं ज़्यादा बचपन में मम्मी-पापा सुना दिया करते थे।

पर वही न, कल तक इन्हे मम्मी-पापा माना ही नहीं था।

इसलिए सब बुरा ही बुरा था पर आज जब दिल से सास - ससुर को मम्मी और पापा माना है तबसे तो कुछ बुरा ही नहीं लगता।

निशा में बदलाव देखकर उसके सास-ससुर ने भी स्वयं के व्यवहार में थोड़ा परिवर्तन किया, कुछ निशा बदली, कुछ उसके सास- ससुर बदले और इस तरह निशा ने थोड़ा सा बदलाव स्वयं में लाकर दो घर सँवार दिए थे।

अब तो वो अपनी मम्मी और भाभी को भी समझाने लगी थी की वो भी आपस में बेटी और माँ-बाप जैसा सम्बन्ध रखें, धीरे-धीरे सब अच्छा होने लगा था।

निशा आज स्वयं जब अपनी बहु को घर लायी है तो उसे ये कहानी सुनाकर बता रही थी की संबंधों में कमी निकालते रहने से कुछ हाथ नहीं लगता।

एक ही जीवन है, इसे जितना हँसी ख़ुशी जी लिया जाए वही जीवन का सार है।

6
ईश नदी

एक बार धरती पर ईश नाम की एक बहुत विशाल नदी थी, सबसे विशाल। उस नदी में अनेक जीव रहते थे।

उस नदी के जल की विशेषता थी की वह शुद्धता की दृष्टि से, आध्यात्म, आयुर्वेद और भक्ति की दृष्टि से बहुत ही अच्छा और पवित्र भी था।

आयुर्वेद, क्योंकि उसमें असंख्य जड़ी बूटियों के गुण थे। लगभग सभी बीमारियों में उस नदी में रहने वाले जीव उसका प्रयोग किया करते थे।

उसके जल को उसमें रहने वाले जीव सूर्य को जल देने, पूजा करने हेतु प्रयोग में लाते थे।

उसमें रहने वाले सभी जीव अपनी संस्कृति से बहुत प्रेम करते थे, उनके लिए अपना धर्म और संस्कृति सर्वोपरि थे।

उस नदी में अति विशिष्ट कलाकृतियाँ बनायीं गयीं थी जो उसमें रहने वाले कारीगरों की उत्कृष्ट कृतियाँ थीं।

वहाँ बड़े-बड़े शिक्षा/ज्ञान के केंद्र थे जिनमे उन्हें उनके पूर्वजों, ऋषियों द्वारा रचित ज्ञान की अनुपम देन - वेद, वेदांत, साँख्य, व्याकरण और दर्शन, शल्यविद्या, ज्योतिष, योगशास्त्र, चिकित्साशास्त्र और खगोल शास्त्र का भी गहन शिक्षण दिया जाता था।

वे संस्कृति, सभ्यता और भाषा में सर्वश्रेष्ठ थे। अब क्योंकि ईश नदी बहुत विशाल थी तो उसमे रहने वाले समस्त जीवों को अपनी आवश्यकता की हर वस्तु वहीं उपलब्ध हो जाती थी।

वहाँ के जीव सभी ऋतुओं का भरपूर आनंद लेते थे ।

अनेक तरह के पेड़ – पौधे उगते थे उसमें जिनका वे सब मिलकर ध्यान रखा करते थे।

सब योग और कड़ी मेहनत करते थे, शुद्ध सात्विक आहार लेते थे और इसलिए अधिकांश वृद्धावस्था तक स्वस्थ ही रहा करते, क्योंकि आध्यात्मिक भी थे तो बुढ़ापा भी भगवान का ध्यान करते हुए शांति से कट जाता था।

सब धार्मिक थे तो पशु-पक्षियों और प्रकृति का भरपूर ध्यान रखा करते थे। रोग भी बहुत कम थे क्योंकि सब प्रकृति से जुड़े थे।

उस नदी में अनेक चमकीले रत्न थे जिनपर सूर्य की किरणें पड़ने से वे और अधिक चमक उठते और रात्रि के समय भी उनका प्रकाश दूर-दूर तक अनेक नदियों को प्रकाश पहुँचाया करता था।

ईश नदी की समृद्धि की गाथाएँ आस-पास की दूसरी नदियों में रहने वाले जीवों तक भी पहुँची।

दूसरी नदियों के जीव भी वहाँ अध्ययन के लिए, व्यापार के लिए, आयुर्वेद सीखने के लिए और कई अनेक विद्याएँ ग्रहण करने के लिए आने लगे।

बहुत दूर एक और नदी बहती थी जिसका नाम प्रतीची था, उसमें रहने वाले जीव कुछ ख़ास सुखी नहीं थे।

वे सभ्यता, संस्कृति, धन – धान्य शिक्षा के क्षेत्र में अभी बहुत पिछड़े हुए थे, एक बार इस नदी के अधिकारीयों ने बैठक की और ये

निर्णय लिया कि उनमें से कुछ लोग ईश नदी में जाकर वहाँ की सभ्यता, संस्कृति, शिक्षा सीखेंगे और आकर अपनी नदी के जीवों

को भी सीखाएँगे जिससे उनकी नदी भी ईश नदी के तरह समृद्ध हो सके।

उनमें से कुछ जीव ईश नदी की ओर चल पड़ते हैं। कई दिनों के बाद वो ईश नदी में प्रवेश करते हैं और वहाँ का ऐश्वर्य देखकर दंग रह जाते

हैं, हर ओर समृद्धि, हर ओर आधुनिकता, ऐसी संस्कृति उन्होंने आज से पहले कभी नहीं देखी थी।

उन्हें लगा की संस्कारों, संस्कृति और सभ्यता में इतने समृद्ध तो वो कभी हो ही नहीं पायेंगे।

उन्होंने सोचा की इस नदी को ईश्वर का विशेष आशीर्वाद मिला हुआ है।

हम इनके जैसे कभी हो ही नहीं सकते, तो क्यों न हम कोई और तरीका अपनाएँ, क्यों न हम इन पर अपना नियंत्रण कर लें।

क्यों न हम कुछ ऐसा करें कि ये हमारे अधीन हो जाएँ, फिर जो हम कहेंगे, इन्हें वही करना होगा। हम इनकी सभ्यता और संस्कृति को पूरी तरह से नष्ट कर देंगे और फिर हम सबसे ऊपर होंगे, सर्वश्रेष्ठ होंगे।

ऐसे कुटिल विचार मन में लाकर पहले वे पूरी ईश नदी में दूर-दूर तक घूम कर आये।

उन्हें आश्चर्य था की इतना समृद्ध कोई कैसे हो सकता है !! उन्हें पूरी नदी में एक भी दरिद्र भिखारी जीव नहीं दिखाई दिया। यहाँ जो जीव थोड़े कम अर्थ वाले थे, वे भी प्रतीची नदी में रहने वाले समृद्धों से बहुत ऊपर थे।

एक बार को तो उन्हें लगा की इनपर अधिकार जमाना, नियन्त्रण करना हमारे लिए इतना सरल नहीं होगा,

उन्होंने वापिस जाकर अपने राजा को ईश नदी की समृद्धि की गाथा सुनाई और कहा कि हम समझ नहीं पाए की उनकी समृद्धि का कारण क्या है।

राजा ने कहा कोई बात नहीं, हम धीरे-धीरे ईश नदी के छोटे-छोटे हिस्सों पर अपना नियंत्रण बनाएँगे और फिर एक दिन पूरी ईश नदी हमारी होगी।

ऐसा सोच कर उन्होंने ईश नदी के छोटे-छोटे हिस्सों में जाकर कुछ जीवों में फूट डलवाई और उन पर अपना नियंत्रण बना लिया।

ऐसा करते-करते बड़ी प्रसन्नता और उत्साह के साथ वे आगे बढ़ते जा रहे थे। छोटे-छोटे कई हिस्सों पर उनका नियंत्रण हो चुका था।

अनुकरणीय

एक दिन राजा अपने सिपाहियों से कहता है की जाओ पीछे देखकर आओ जहाँ-जहाँ हम फूट डालकर आये हैं,

वहाँ लोग कैसे जी रहे हैं ? अब तो निश्चित ही उनकी संस्कृति नष्ट होने लगी होगी।

सिपाही जाकर देखते हैं और हैरान हो जाते हैं की ये क्या इन लोगों में कोई विशेष अंतर दिखाई ही नहीं पड़ रहा।

ये तो वापिस अपनी संस्कृति में लीन हो गए हैं। तब वे छुप कर कुछ दिनों तक और छान-बीन करते हैं कि ऐसा क्या है की ये लोग अपनी संस्कृति को नहीं भूलते, अपने संस्कारों को नहीं भूलते ?

उन्हें समझ आता है की जब तक इनकी संस्कृति नष्ट नहीं होती, हम इन पर कभी राज़ नहीं कर सकेंगे।

ऐसा सोचकर एक दिन वो भेष बदल कर एक गुरु की कक्षा के बाहर खड़े होकर सुनते हैं कि देखते हैं यहाँ क्या पढ़ाया जाता है, क्या पता इनकी समृद्ध संस्कृति का कारण हमें यहीं से मिल जाए।

उस कक्षा में गुरूजी बता रहे थे कि"*संस्कार ही मूल निधि हैं और किसी भी राष्ट्र का मूल उसकी भाषा होती है।*"

यदि भाषा को नष्ट कर दिया जाए तो संस्कृति और राष्ट्र का समूल नाश किया जा सकता है ।

ये सुनकर राजा और उसके सिपाही बहुत प्रसन्न होते हैं।

उन्हें जीतने का, ईश नदी पर नियंत्रण करने का मन्त्र जो मिल गया था। उन्होंने और दूसरी असमृद्ध नदियों के राजाओं के साथ मिलकर, षड़यंत्र रच कर एक – एक करके ईश नदी के सभी विद्यालय और पुस्तकें जलवा डालीं।

चारों ओर हाहाकार मच गया। उन्होंने ईश नदी के एक बड़े हिस्से पर अपना नियंत्रण स्थापित कर लिया था, पर ये क्या अभी भी वहाँ के जीव अपनी ही संस्कृति अपना रहे थे।

उन्हें कुछ समझ नहीं आया, तब उनमे से एक जीव जिसका नाम भैकाले था, उसने बताया की एक बार एक गुरु को कहते सुना था की भाषा ही संस्कृति, राष्ट्र का मूल है।

इनकी उन्नति का सम्पूर्ण कारण इनकी भाषा ही है। हमे उसे मिटाना होगा और इसके लिए हमे अपनी भाषा को इनकी भाषा बनाना होगा। तब ये हमेशा के लिए हमारे अधीन हो जाएँगे ।

उनकी भाषा में पुस्तकें छपवाई गयीं, चारों ओर उन्ही की पुस्तकों की पढाई होने लगी, कई वर्षों तक वृद्ध और युवा जीवों ने अपनी संस्कृति को जीवित रखा पर अब जो नयी पीढ़ी जन्म ले रही थी, उन जीवों में धीरे-धीरे अपनी संस्कृति की ओर प्रेम कम होने लगा था।

पर फिर भी अपनी नदी, मातृभूमि से प्रेम भरपूर था और इसी प्रेम के कारण कई वर्षों के संघर्ष के बाद उन्होंने ईश नदी को फिर से स्वतंत्र करवा दिया था। पर वो पहले जैसी समृद्ध संस्कृति, वो आध्यात्मिक, प्राक्रतिक समृद्धि अब नहीं थी। वो पहले जैसी गौरवान्वित करने वाली शिक्षा नहीं थी। बहुत से वृद्ध ये देखकर बहुत दुखी हुआ करते। बहुत प्रयास किये पर वो पहले जैसी बात नहीं थी।

जहाँ पहले रोग न के बराबर थे, वहाँ अब रोगों की भरमार होने लगी थी, बहुत से तनाव जनित रोग पैदा हो गए थे जिनके बारे में आज से पहले कभी किसी ने नहीं सुना था, संबंधों में टकरार होने लगी थी, मर्यादा कम होने लगी थी।

धीरे-धीरे जहाँ के जीवों में प्रकृति के लिए अपार श्रद्धा और प्रेम था, आज उसी प्रकृति को ईश नदी के बहुत से जीव नष्ट करने में लगे थे, अहंकार बढ़ गया था, क्रूरता बढ़ गयी थी, आपसी प्रेम कम होने लगा था। चारों ओर मात्र धन कमाने की होड़ सी लग गयी थी। अब मात्र धन का ही आदर होता था, संस्कारों का नहीं।

प्रतीची नदी की भाषा को ही वो अपनी भाषा समझने लगे थे। उसी में जीने लगे थे और इस तरह ईश नदी में रहने वाले जीवों पर दूसरी संस्कृति अधिक हावी होती जा रही थी। वे अपना आयुर्वेद, धर्म, और अन्य सभी ज्ञान भुलते जा रहे थे। उन्हें इन सबको अपनाने में लज्जा आने लगी थी।

एक समय बलपूर्वक थोपी गयी शिक्षा और एक विशेष भाषा धन्ग्रेज़ी उन्हें अधिक प्रिय होने लगी थी, अपनी शान लगने लगी थी और अपने पूर्वजों का सार्वभौमिक ज्ञान उन्हें रूढ़िवादी लगने लगा था।

दूसरों द्वरा थोपी गयी भाषा और शिक्षा उन्हें गौरवान्वित करती थी। अहंकार भरपूर बढ़ता जा रहा था। जीवों में सहनशीलता बहुत कम हो गयी थी। अत्याचार दुराचार बढ़ने लगा था। माता-पिता और संतानों के बीच दूरियां बढ़ गयीं थीं।

ये सब देखकर अपनी संस्कृति व उस नदी, अपनी मातृभूमि के लिए सदैव नतमस्तक रहने वाले कुछ वृद्ध जीवों ने अन्य जीवों को समझाना शुरू किया।

सबसे पहले उनके घर वालों ने ही उनका तिरस्कार किया कि क्या पुराने विचारों की बातें करते रहते हो, अपने विचारों को आधुनिक बनाओ। सब उनका तिरस्कार करते, कुछ जीवों ने तो उनसे बात तक करना छोड़ दिया था।

उनसे बात करने, उनके साथ बैठने में उन्हें हीनता अनुभव होती थी। ईश नदी के जीव प्रतीची नदी की अहंकार बढ़ने वाली फूहड़ संस्कृति को अपना बनाते जा रहे थे, दिन प्रतिदिन असभ्य होते जा रहे थे। अच्छी बातें, संस्कारों की, अपने अति वैज्ञानिक उत्कृष्ट ग्रंथों की बातें करने वालों का उपहास उड़ाते थे।

यदि परिवार में कोई धर्म ग्रंथों, राष्ट्रवाद की बात करे, अपनी संस्कृति की बात करे तो वो जीव उसे महामूर्ख समझ कर उससे दूर हो जाते थे। पहनावे में नग्नता बढती जा रही थी, जो जितने फटे -चीथड़े कपडे पहने वो उतना ही आधुनिक दिखता था और यदि कोई सदस्य अपना सांस्कृतिक पहनावा पहन ने लग जाए तो परिवार के अन्य जीवों को उन्हें अपना बताने में लज्जा आती थी ।

परिवार वालों के सुख से अधिक, लोग क्या कहेंगे, दिखावे का जीवन उन जीवों को अधिक भाने लगा था।

भगवान की पूजा मात्र एक ढोंग बनकर रह गयी थी, अधिकांश जीव तो मंदिर जाते ही नहीं थे और जो थोड़ी बहुत भक्ति करते वो भी डर के कारण की मेरे परिवार के साथ कहीं कुछ बुरा न हो जाए।

वहाँ संस्कारों की बात सुनने को कोई तैयार नहीं था।मात्र धन और दूसरों की असभ्य, अवैज्ञानिक, त्रुटिपूर्ण भाषा “धन्ग्रेज़ी” ही बौधिक विकास का मापक बन गयी थी। जो जितनी अधिक “धन्ग्रेज़ी” बोल

सकता था, जिसके पास जितना अधिक धन था फिर चाहे वो किसी का अहित या अधर्म करके ही क्यूँ न कमाया हो, उसे ही श्रेष्ठ समझा जाने लगा था।

दूसरी ओर कोई कितना भी विद्वान हो, उसे अपने धर्म-ग्रंथों का सम्पूर्ण सार पता हो, अति वैज्ञानिक अपनी मातृभाषा से प्रेम हो और वो अपनी संस्कृति का अनुपालन करता हो, उसे मूर्ख माना जाता था।

जिस ईश नदी की संस्कृति ऐसी हुआ करती थी की वहाँ विद्वानों का सबसे अधिक सम्मान होता था फिर चाहे वे अधिक धनवान हों या नहीं, आज उसी नदी के वे कुछ वृद्ध जीव अपनी मातृभूमि, ईश नदी और उसमे रहने वाले जीवों के हित में एक सिरे से सबको समझाने में लगे थे की देखो हमे अपनी संस्कृति को नहीं भूलना है, हम पहले कितने समृद्ध थे और आज देखो क्या हाल हो गया है।

कुछ जीवों को थोडा बहुत समझ आता पर अधिकांश को समझ नहीं आता था। वे उनका मज़ाक बनाया करते कि हमे समझाने चलें हैं, गंवार कहीं के, हमारी तरह "धन्ग्रेजी भाषा" पढ़े लिखे नहीं हैं न।

जो शिक्षा पहले ईश नदी की धरोहर थी, आज वो नयी पीढ़ी के लिए गंवारपन बन गयी थी। ये जीव पैदा तो अवश्य ही ईश नदी में हुए थे किन्तु जीवन भैकाले का दिया हुआ जी रहे थे, आज भी पराधीन थे।

वे वृद्ध जीव इन्हें समझाने का हर संभव प्रयास कर रहे थे की हमारी संस्कृति अधिक समृद्ध थी, सब सुखी थे, आज जो इतने दुःख फैले हैं चारों ओर, माँ बाप बच्चों से दुखी हैं, बच्चे माँ बाप से, बहु-बेटीओं में लज्जा नहीं बची है, चारों ओर मात्र धन कमाने की होड़ है, कोई खुश नहीं है, सब रो रहे हैं, तो वो प्रतीची संस्कृति को अपनाने के कारण हैं।

हमे वापिस अपनी संस्कृति पर लौट जाना चाहिए पर। अधिकांश को कुछ समझ नहीं आ रहा था और वो निरंतर उनका तिरस्कार ही कर रहे थे।

कई बार वहाँ के आधुनिक किन्तु भैकाले मानसिकता के पराधीन जीवों ने इनपर प्रहार भी करवाए पर फिर भी निस्वार्थ मातृभूमि प्रेम और उसके प्रति समर्पण के कारण ये अपना कार्य निरंतर करते रहे।

एक बार उस नदी में एक जादूगर कछुआ आया, उसने उन्हें एक झाड़ू दी और कहा, ये पूरी नदी में लगा दो और जो तुम इस नदी से हटाना चाहते हो उसके बारे में बोलते जाना, वो सब नष्ट हो जाएगा।

वे ७ जीव थे तो उन्होंने ७ झाड़ू मांगी और नदी के एक सिरे से झाड़ू लगाना प्रारंभ किया, वे बोलते जा रहे थे की हमारी नदी से प्रतीची संस्कृति नष्ट हो जाए, झाड़ू लगाते जा रहे थे और बोलते जा रहे थे। ऐसा करने में उन्हें ३वर्ष लग गए। पूरी सफाई के बाद जब उन्होंने पलट कर देखा तो पाया की जो कचरा वो इतने समय से साफ़ कर रहे थे, वो ज्यों का त्यों वहीं पड़ा है। उनके बार - बार झाड़ू लगाने पर फिर भी बार-बार प्रतीची संस्कृति वापिस आ जाती थी। फिर झाड़ू लगते और फिर प्रतीची संस्कृति वापिस आ जाती।

वे बहुत निराश हो जाते हैं और सोचते हैं की अपनी नदी को पहले जैसा कैसे बनाएँ, उस जादूगर ने तो कहा था की हम जो चाहेंगे वो इस नदी से दूर हो जाएगा पर ऐसा तो हो ही नहीं रहा है।

तभी वहाँ से वो जादूगर कछुआ फिर से निकलता है और उन्हें बताता है की ये काफी गंभीर समस्या है, यहाँ सफाई ऐसे संभव नहीं है, यहाँ अवश्य ही कहीं कुछ ऐसा है जो यह कचरा लगातार बना रहा है, आपको पहले इस कचरे की जड़ को ही उखाड़ फेंकना है, तभी आप अपनी खोई हुई संस्कृति पुनः प्राप्त कर सकेंगे।

मात्र झाड़ू लगाने से कुछ नहीं होगा क्योंकि जहाँ इस कचरे की जड़ है, वहाँ से ये कचरा निरंतर ऐसे ही बनता रहेगा।

कुछ ही दिनों में वहाँ परोना नाम की एक अत्यंत गंभीर महामारी फैली जिसके कारण अनेक जीव मरने लगे। चारों और त्राहिमाम मच गया। उन वृद्धों ने सोचा की ऐसा कैसे हो सकता है, ऐसा तो कोई रोग ही नहीं था जिसका हमारे आयुर्वेद में उपचार न हो।

अवश्यमेव ये रोग किसी और की देन है पर फिर भी हम जानते हैं की हमारी संस्कृति में ऐसा कोई रोग नहीं था जिसका उपचार न किया जा सके।

पर यहाँ तो कोई सुनने को ही तैयार नहीं है। सब पर प्रतीची संस्कृति इस तरह हावी हो चुकी है की ये जीव अपनी अति वैज्ञानिक चिकित्सा

पध्यती को भी अपनाने से इनकार कर रहे हैं। इन सबमें विनम्रता तो रही ही नहीं है, जो विद्या से मिलती है क्योंकि यहाँ तो विद्या से भी प्रतीची संस्कृति ही बढ़ रही है।

पर फिर भी सब अपने ही हैं, कैसे अपने बच्चों, बहन - भाइयों व अन्य मरते हुए जीवों को बचाएँ ? इन्हें तो अपनी संस्कृति अपनाने में भी लज्जा आती है। ये नासमझ नहीं जानते की अपनी संस्कृति ही इन्हें बचा सकती है।

वो वृद्ध जीव समझ नहीं पा रहे थे कि इन्हें कैसे समझाया जाए, वो कभी प्रेम से तो कभी कड़ाई से दुसरे जीवों को समझाते पर कोई ख़ास असर नहीं दिख रहा था।

पर उनके इस प्रयास में कुछ युवा जीव जिनके घर में आज भी संस्कार विद्यमान थे, जो आज भी अपनी संस्कृति से जुड़े थे, वे उनके साथ आ जाते हैं और उनकी सहायता में, अपनी मातृभूमि और उसमे रहने वाले जीवों की रक्षा हेतु मिलकर प्रयास करते हैं। अब उन वृद्धों और युवाओं की संख्या मिलाकर १४ हो गयी थी।

बहुत से जीव लगातार मरते जा रहे थे, पोरोना महामारी से स्थिति और भयावह होती जा रही थी, ऐसा कोई घर नहीं था जहाँ कोई मृत्यु न हुई हो, पहले जहाँ वृद्ध जीवों को ही संक्रमण का अधिक डर था अब वहाँ युवा और बच्चे भी मरने लगे थे, स्थिति भयावह होती जा रही थी।

अपने आस - पास इतनी मृत देह देखकर वे १४ लोग बहुत विचलित हो रहे थे। हर दिन एक नयी मृत्यु का समाचार उन्हें मिलता, कहीं कहीं एक-एक घर में ३-३ , ४-४ मृत्यु भी हो हुई थीं ।

चारों ओर भय का वातावरण था। धीरे–धीरे सभी जीव अन्दर से टूटने लगे थे।

सब जानना चाहते थे की उनके साथ ऐसा क्यूँ हो रहा है,आखिर क्यों?

तब उन १४ जीवों से रहा नहीं गया, वो झाड़ू लेकर कचरे की जड़ ढूँढने निकल पड़े, कई दिनों बाद वे ईश नदी के सबसे ऊँचे शिखर पर्वतालय के पास जाते हैं, वहाँ एक गुफा में अत्यंत तेजवान ऋषि रूद्र जैकाले बैठे थे जो कई वर्षों से वहाँ तपस्या कर रहे थे। ये उन्हें अपनी समस्या बताकर उसका कारण पूछते हैं।

ऋषि रूद्र जैकाले उन्हें बताते हैं की *"संस्कार ही मूल निधि हैं और भाषा किसी भी राष्ट्र की उन्नति, संस्कृति का मूल है ।जो भाषा अपनाओगे, उसकी संस्कृति अपने आप तुम पर हावी हो जायेगी ।"*

ईश नदी के जीवों पर इस समय प्रतीची संस्कृति और धन्ग्रेज़ी भाषा अत्यंत हावी है। इसके कारण वे अत्यंत उत्कृष्ट व वैज्ञानिक अपनी भाषा, देव भाषा को भुला बैठे, अपनी भाषा से दूर हुए तो अपनी संस्कृति से दूर हुए, अपनी चिकित्सा पध्यती और प्रत्येक वस्तु जो उनकी संस्कृति में थी, उसे वो खो बैठे, आज जो इतनी भयावह स्तिथि है, उसमे भी ये जीव आप जीवों की बात मानने को तैयार नहीं हैं।

तो ये सजा है उस पाप की जो इन्होने किया है अपनी माँ, अपनी संस्कृति को भुलाकर?

पर ऐसे कैसे अपनी नदी के जीवों को इस तरह मरते हुए देख सकते हैं हम, उन १४ जीवों ने पुछा ?

वे ऋषि बोले तुम कचरा कहाँ से पैदा हो रहा था, उसकी जड़ ढून्ढ रहे थे न, तो उसकी जड़ है धन्ग्रेज़ी भाषा, तुम्हे उसे हटाना होगा, वही इस कचरे की जड़ है।

वो हैरान थे की इस ओर तो उनका ध्यान ही नहीं गया लेकिन साथ ही साथ अब वे प्रसन्न भी थे की इसका निदान भी उन्हें उनके पूर्वजों द्वारा दिए गये ज्ञान से ही प्राप्त हुआ।

वे उन सबके प्रति और ऋषि रूद्र जैकाले के प्रति नतमस्तक थे।

वे झाड़ू से उस कचरे की जड़ से साफ़ करने निकल पड़ते हैं। पर फिर भी कुछ जीव उस कचरे को छोड़ने के लिए अभी भी तैयार नहीं थे।

उन १४ जीवों ने इस बार उन्हें नहीं समझाया और बाकी सबको बचाने के लिए, अपनी मातृभूमि की संस्कृति को पुन: स्थापित करने के लिए वे आगे बढ़ गए।

इस बार वो झाड़ू लगाते हैं और कहते जाते हैं भैकाले द्वरा थोपी गयी धन्ग्रेज़ी भाषा हमारी ईश नदी से साफ़ हो जाए और आश्चर्य, इस बार कचरा वापिस नहीं फ़ैल रहा था और जहाँ-जहाँ से जीवों की आत्मा में बसी प्रतीची भाषा समाप्त हो रही थी, वहाँ स्वत: ही वो जीव भी झाड़ू लेकर उस कचरे को साफ़ करने में उन १४ जीवों की सहायता करते जा रहे

थे और इस तरह तीन ही वर्षों में पूरी नदी फिर से साफ़ हो गयी थी और वो जो पोरोना बीमारी ने भयावह उत्पात मचाया था, वह भी अब अपनी चिकित्सा पध्यती द्वारा लगभग समाप्त हो चुकी थी और जब उन्होंने पीछे पलट कर देखा, जिन्होंने भी उस कचरे को अपने से दूर नहीं करने दिया था, वे मृत्यु को प्राप्त हो चुके थे या उनमे से कुछ अत्यंत गंभीर बिमारियों से, अत्यधिक तनाव से जूझ रहे थे और लगभग मृत ही थे।

अब सब समझ गए थे कि क्यों किसी और की भाषा को अपने मस्तिष्क और मन की भाषा बनाने व अपनी मातृभाषा को तिरस्कृत करने के कारण ही उनका पतन हो रहा था।

बात इतनी सी थी पर कोई समझना ही नहीं चाह रहा था। वे सब प्रण लेते हैं की अपनी मातृभूमि, अपनी ईश नदी की खोयी समृद्धि वापिस लाने के लिए वे अधिकांश अपनी ही भाषा का प्रयोग करेंगे।

जहाँ कहीं मजबूरी में कार्यस्थल आदि पर प्रतीची भाषा की आवश्यकता हो केवल वहीं उसका प्रयोग करेंगे।

अपने मोबाइल में जिसका वो सबसे अधिक उपयोग करते हैं, अपने कंप्यूटर, लैपटॉप में भी वे अपनी ही भाषा प्रयोग में लायेंगे। अपने मन की भाषा अपनी भाषा को ही बनाएँगे और ऐसा करते करते अगले १४ सालों में ईश नदी की खोयी समृद्धि वापिस आने लगी थी। ईश नदी बाकी सभी नदियों के जीवों के लिए ज्ञान का अनुपम केंद्र बन गयी थी।

अब दुसरे जीव इनकी भाषा सीखने में लगे थे। यहाँ आकर ज्ञान पाने के लिए अन्य जीवों में होड़ सी लग गयी थी। ईश नदी की संस्कृति पूर्णत: वैज्ञानिक थी जिसे अब अन्य सभी नदियाँ अपनाने लगी थीं।

ईश नदी पूरे विश्व की सबसे समृद्ध नदी बन गयी थी, समस्त विश्व का नेतृत्व कर रही थी और ईश नदी के जीवों ने सदा-सदा के लिए अपनी मातृभाषा को समस्त विश्व में स्थापित कर दिया था।

वे जान गए थे की उनकी शक्ति, उनकी नदी की समृद्धि, उनकी समृद्धि उनकी मातृभाषा में ही निहित है, उसके अलावा और कहीं नहीं। कहीं भी नहीं।

आशा करती हूँ आपको कहानी समझ तो अवश्य ही आ गयी होगी और निश्चित ही आप समझ गए होंगे की मात्र झाड़ू लगाने से कचरा

साफ़ होने वाला नहीं है, हमें जड़ को उखाड़ना होगा, अंग्रेजी को दूर करना होगा।

बस एक प्रश्न कीजिये स्वयं से की जहाँ आवश्यक नहीं वहाँ हम अंग्रेजी क्यों प्रयोग कर रहे हैं? क्या ये तिरस्कार नहीं है हमारी माँ का, हमारी मातृभाषा का? और क्या अपनी माँ का तिरस्कार करके कोई भी प्रसन्न रह पाया है आज तक? ऐसा मनुष्य धन चाहे कितना भी अर्जित करले, सुखी कभी नहीं हो सकता।

अपने फ़ोन में जो आज कल हमारा सबसे बड़ा हमसफ़र है, अधिकांश समय उसी को देते है हम, उसकी भाषा अपनी मातृभाषा में भरनी होगी, संपर्क, सन्देश, व्हाट्स एप्प स्टेटस, सोशल मीडिया पर प्रोफाइल नाम सब कुछ जहाँ मजबूरी न हो वहाँ, अपने दिल दिमाग की भाषा, अपनी मातृभाषा को करना होगा और आप देखेंगे की धीरे-धीरे कचरा स्वयं ही साफ़ होने लगेगा। आगे आने वाली पीढ़ी के लिए ये हमारी ओर से उपहार होगा।

7

कल्पवृक्ष

कल्पवृक्ष – कल्पनाओं का वृक्ष यानि जिस वृक्ष के सामने आप कुछ भी कल्पना कीजिये वो साकार हो जाती है उसे कहते हैं कल्पवृक्ष। हम अपनी ओर वही आकर्षित कर सकते हैं जो हम हैं वो नहीं जो हम चाहते हैं।

हमारी पौराणिक कथाओं में भी इसका वर्णन देखने को मिलता है। इस वृक्ष को राक्षसों से सदा ही बचा कर रखा जाता था और वो सदैव ही इसे पाने की अलग-अलग योजनाएँ बनाते रहते थे।

पर कभी सोचा है की क्यों इसे राक्षसों से बचा कर रखते थे ? और क्यों ये सदा ही देवताओं के पास रहता था ?

ऐसा इसलिए था क्योंकि इस वृक्ष के आगे तो कोई कुछ भी कल्पना कर सकता था ना, फिर वही कल्पना ये वृक्ष पूरी कर देता था और क्योंकि हर मनुष्य एक दूसरे से भिन्न है तो उसकी इच्छाएँ भी तो भिन्न ही होंगी और जिसके मस्तिष्क का जितना विकास हुआ है वो उसके अनुसार ही कुछ माँगेगा तो राक्षस तो हमेशा ऐसा ही कुछ माँगना चाहते थे जिससे मात्र उनका ही लाभ हो और फिर वो पूरी सृष्टि को हानि पहुँचा सकें। तो ये था पौराणिक कथाओं में कल्पवृक्ष का वर्णन ।

हम वही सोचते हैं जो हम वास्तव में हैं। सिर्फ ये सोचना की उसने उस गाडी के बारे में कई दिन तक सोचा और वो उसे मिल भी गयी। अब मैं भी सोचूंगी तो मुझे भी मिल जायेगी चाहे उस गाड़ी का मन में दूर-दूर

तक कोई चित्र ही न हो। बस सोचने मात्र से वो मिल जायेगी !!

नहीं ऐसा कभी नहीं होता। आवश्यक नहीं की हम हर वो कल्पना कर सकते हैं जो दूसरे करते हैं तो आवश्यक है की हम अपनी शक्तियों को पहचाने और जाने की हम वास्तव में क्या चाहते हैं। आवश्यक है स्वयं को जानना।

हम अक्सर अपने चारों ओर एक सीमा बना लेते हैं की बस इससे अधिक हम नहीं कर सकते फिर अचानक से एक दिन कुछ ऐसा होता है की हम सोच में पड़ जाते हैं की ये हमने किया है !!!

इसी सोच पर आधारित है ये कहानी ...

एक बार एक लड़का था, प्रमाद नाम था उसका, बड़ा ही आलसी, हमेशा कुछ न करने के बहाने ढूँढ ही लिया करता। उसके इस व्यवहार से घर वाले बहुत परेशान थे।

उसके पिताजी उससे बहुत दिनों से कह रहे थे की चल खेत देखकर आते हैं फसल पक चुकी होगी। वो न चल पाने का बहाना करता रहा और पिताजी को नौकरों की मदद से स्वयं ही फसल काटनी पड़ी।

घर पर आलस में पड़े रहने की वजह से प्रमाद के पैरों में थोड़ी सूजन भी हो गयी थी।

कुछ दिनों बाद उसकी माँ उसके पिताजी से बोलीं की शादी करा देते हैं इसकी कदाचित तब ये सुधर जाए। पिताजी ने गुस्से से कहा की एक औरत होकर ऐसा सोच कैसे सकती हो ? अपने नाकारा बेटे की वजह से किसी और की ज़िन्दगी बर्बाद कर दूँ !! नहीं कभी नहीं।

अब तो इसे सुधारने के लिए मुझे कुछ करना ही होगा !!

पिताजी पूरी रात जागते रहे और सोचते रहे की अपने बेटे को सुधारने के लिए क्या किया जाए । आखिरकार उन्हें एक उपाय सूझ ही गया। वो सुबह जल्दी उठकर अपने खेत की तरफ निकल गए और वहाँ अपने नौकरों के साथ मिलकर एक योजना बनाई।

दोपहर में जैसे ही उनका बेटा पैरों पर मालिश कराने के लिए बाहर बने चबूतरे पर बैठा वैसे ही दो आदमी मुँह पर कपड़ा बाँधे हुए उसकी ओर चाकू लेकर भागे। उसने आँव देखा न ताँव भागा सर पर रखकर पाँव। पिताजी के कहने पर उन लड़कों ने उसे पूरे खेत के दो चक्कर लगवाए।

प्रमाद पूरी तरह से हाँफ गया था। उसके दौड़ने की वजह से खेत की गीली मिटटी भी अच्छी हो गयी थी। आखिरकार वो खेत की मिटटी में गिर पड़ा । उसे उठाया गया।

कुछ देर बाद उसे होश आया तो उसने देखा की वो घर पर था। पिताजी पास बैठे मुस्कुरा रहे थे। वो एकदम से घबराकर उठा, एक स्फूर्ति थी उसके शरीर में, पैरों की सूजन भी चली गयी थी।

पिताजी ने पुछा की तू तो चल भी नहीं सकता था,

आज दौड़ कैसे पड़ा ?

हाँ पर तेरे दौड़ने से एक काम अच्छा हुआ, खेत की मिटटी अच्छे से जुत गयी।

वो दोनों आदमी कौन थे पिताजी ?? प्रमाद ने पुछा।

वो दोनों !! हा हा !!

वो दोनों रामु और श्यामू थे हमारे नौकर।

क्या ? उनकी इतनी हिम्मत ! मैं उन्हें नहीं छोड़ूँगा।

तू कुछ नहीं करेगा, अपनी तरफ देख, जो चल नहीं सकता था वो आज दौड़ पड़ा !! और किसलिए ? अपनी जान बचाने के लिए ?

मतलब, ये शक्ति तुझमे हमेशा से थी बस तू उसे देख नहीं पा रहा था और जब सामने एक ध्येय आया की हर हाल में तुझे अपनी जान बचानी थी तो तूने अपनी पूरी शक्ति लगा दी।

ऐसा ही कुछ जीवन के साथ भी है। जब तक हमारा कोई ध्येय नहीं है, हमारा जीवन नीरस बना रहेगा, हम स्वयं को शक्तिहीन समझेंगे। हम कभी भी अपने अंदर की शक्ति को पहचान ही नहीं पायेंगे।

तो कोई न कोई ध्येय अवश्य ही रखना चाहिए जिसे पाने के लिए हम उतनी ही तेज़ दौड़ सके जितना अपनी जान बचाने के लिए प्रमाद दौड़ा था।

जब तक स्वयं को परखेंगे नहीं जान भी नहीं पाएँगे की हम कौन हैं और फिर भगवान का दिया ये उपहार, मनुष्य जीवन यूँही समाप्त हो जाएगा। हम आलस्य ही आकर्षित करते रह जाएँगे और समय ऐसे ही बीत जाएगा।

ये बात प्रमाद को समझ आ चुकी थी और फिर, फिर तो जीवन ही बदल गया।

8
प्रिज़्म

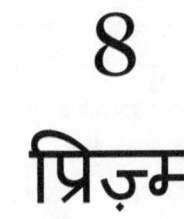

बात कुछ 90 के दशक की है मैं केंद्रीय विद्यालय (हिंडन एयर फ़ोर्स) में बारहवीं कक्षा में थी, विज्ञान वर्ग की छात्रा। विज्ञान में बड़ी रूचि थी इसलिए ग्यारहवीं में विज्ञान को चुना। रसायन शास्त्र और जीव विज्ञान तो मुझे खूब भाता था पर भौतिकी में ज़रा हाथ तंग था। समझ ही नहीं आती थी।

खूब दिमाग लगा लिया पर भौतिकी का भ भी बहुत कठिनाई से समझ आता था। बड़ी दुविधा में पड़ गयी की हे भगवान यदि इस भौतिकी के कारण बोर्ड परीक्षा में नंबर अच्छे नहीं आए तो अच्छे कालेज में प्रवेश पाना मुश्किल हो जाएगा।

मेरे इस डर को साकार रूप देने के लिए भगवान ने हमारी कक्षा को पढ़ाने के लिए भौतिकी के एक नए अध्यापक श्री मोहन शर्मा जी को भेज दिया। हमने सोचा चलो अच्छा है पहले वाले सर से कुछ समझ नहीं आता था कदाचित इनसे बात जाए।

पर इतनी आसानी से कहाँ सब सुलझने वाला था !!

किताब पढ़ने पर लगता था की अक्षर नाच रहे हैं मानो कह रहे हों की हमारा भेद पाओ तो जाने, रही-सही कसर इन नए अध्यापक जी ने पूरी कर दी। पढ़ाने के अलावा वे सब समझाते जैसे बोर्ड की परीक्षा है कोई खेल नहीं, एन. सी. ई. आर. टी. की किताब का हर सवाल करना, पेपर उसी में से बनेगा।

मैं तो ढूँढती ही रह जाती की तीन- चार पन्नो के पाठ में से क्या पढ़ें और क्या छोडें और सवाल तो तीन या चार ही होते थे किताब में, सोचा अगर इसी में से पेपर आता तो हर बच्चा प्रथम न आ जाता।

हमेशा हर किसी से यही सुना की बोर्ड की परीक्षा है ऐसी वैसी नहीं एन.सी.ई.आर.टि. किताब को किताबी कीड़े की तरह चाट डालो। पेपर बाहर से आएगा, साधारण बात नहीं है।

परीक्षा से ज़्यादा तो अध्यापकों व रिश्तेदारों का डर रहता की कब कौन सामने पड़ जाए और बोर्ड परीक्षा के बारे में अपना अनमोल ज्ञान देने लग जाए, फिर भी पढ़ती जा रही थी, आगे बढती जा रही थी, इस आस में की अपना भी नम्बर आएगा भाई, भौतिकी कोई हउआ थोड़े ही है जो ऐसे ही डरते रहें।

तो बस तय कर लिया की अब चाहे जो हो जाए, मुझे भी अच्छे नम्बर लाकर ही दिखाने हैं। तो शुरुआत की एक अच्छे ट्यूटर की तलाश से।

पता चला की हमारे इलाके के भौतिकी के सबसे योग्य व विख्यात एक शिक्षक हैं कौशिक सर। उनसे पढ़ कर बच्चे आई. आई. टी. में टॉप करते हैं, बहुत ही कमाल का पढ़ाते हैं कौशिक सर।

मैं भी पिताजी के साथ पहुँच गयी वहाँ। वहाँ कौशिक सर से भेंट हुई, अच्छे खासे लंबे, अधेड़ उम्र के, चेहरा पतला सा, कुछ अधपके से बाल और चेहरे पे गज़ब का विश्वास था

उन्हें देखकर लगा , ये तो काफी अनुभवी दिखते हैं, शायद इनसे कुछ बात बन जाए।

अब तो अपनी भी नैया पार लगेगी और मैं अच्छे नम्बरों से उत्तीर्ण हो जाऊँगी।

अगले ही दिन से सुबह-सुबह 5 बजे तैयार होकर निकल पड़ी अपनी साइकिल पर बस्ता उठाये क्योंकि वहाँ से सीधे फिर स्कूल निकलना होता था।

पहला दिन, पहला बैच, मैं सबसे पहले पहुँची थी, बड़ी ख़ुशी हुई मानो वर्ल्ड कप जीत लिया हो, सोचा सर जी खुश होंगे, पर वे बोले 15 मिनट पहले ? ज्यादा फालतू का समय है क्या तुम्हारे पास ?

मैं बेचारी अपना सा मुँह लिए नीचे सर करके बैठ गयी। तब सर बोले अरे कोई बात नहीं बेटा हम तो मज़ाक कर रहे थे बाकी कोई नहीं अब आ गयी हो तो अच्छे से परिचय दो और इतने बाकी बच्चे आयें तब तक अपनी समस्या बताओ की क्या समझ नही आता भौतिकी में ?

उनके इस व्यवहार से थोड़ा अच्छा लगा और मैंने समय रहते अपनी समस्या बता दी की भौतिकी का भ समझना भी मेरे लिए एवरेस्ट चढ़ने के समान है । मैंने बताया की स्कूल में एक नए अध्यापक आएँ हैं भौतिकी के, वो पढ़ाने से ज़्यादा डराने का काम करते हैं।

सर जी ओम्स लॉ, थंब रूल, प्रिज्म , ग्लास स्लैब, कौन कब मोशन में है ?, इन सब ने दीमाग की नसें हिला डाली हैं।

सर बोले अच्छा तो ये बात है , तुम्हारा केस थोड़ा कठिन है पर कोई बात नहीं थोड़ी मेहनत करोगी तो काम बन सकता है।

सच में ऐसा लगा मानो डूबते को तिनके का सहारा मिल गया हो।

अब और बच्चे आने लगे थे, कोई गाड़ी से कोई मोटर साइकिल से, लग रहा था मानो सारे अमीर यहीं पढ़ने आते थे।

सर ने पढ़ाना शुरू किया, शुरुआत हुई चैपटर लाइट से, सर पढ़ा रहे थे प्रिज्म।

उन्होंने पढ़ाने के बाद कुछ सवाल कराये, सारे ही बच्चे मानो मंझे हुए खिलाडी हों लाइट चैप्टर के, क्या फटाफट सवाल कर रहे थे, क्या धड़ाधड़ सब सवाल हल कर रहे थे। जाने क्या-क्या पूछ रहे थे ! उन सबके बीच में मैंने चुप रहना ही ठीक समझा।

थोडा बहुत समझ आया और बाकी बार-बार हाँजी सर कह-कह कर यही दिखाया की सब समझ आ गया है मुझे, पर वो प्रिज़्म में क्या दिखाना चाह रहे थे ये कुछ समझ नहीं आया।

बड़ा अच्छा लग रहा था उसमे देखते हुए, इधर की चीज़ उधर तो उधर की चीज़ इधर दिखाई देती थी, अकेले में उसे उठा कर अपने आस पास की चीजें देखीं। हैरानी हुई की क्या खूब बनाया है किसी ने , कितना अच्छा लगता है इससे देखते हुए। फिर लगा की इतना मुश्किल बनाने की क्या ज़रूरत है किसी भी कांसेप्ट को जबकि इससे देखना इतना आसान है ।

ऐसे भी तो देख सकते हैं, क्यों आल पिंस लगा कर नीचे बैठ कर आँखें घुमा कर देखना।

खैर मुझे तो यही समझ आया की प्रिज़्म में से इधर-उधर की चीजें सामने दिखती हैं।

आज अपनी उपलब्धि पर गर्व हो रहा था की आज का कांसेप्ट कुछ तो समझ में आया।

फिर सोचा की अभी तो नए वाले भौतिकी के सर भी हैं स्कूल में, कुछ तो वो भी सिखाएँगे ही, तो थोडा उनसे सीख लूँगी।

आज सर ने सब बच्चों को लाइट चैप्टर के प्रैक्टिकल के लिए लैब में बुलाया। एक लंबी सी टेबल और उस पर एक लंबा सा लकड़ी का फट्टा। बीच में एक स्टील की मोटी सी पेंसिल(सूंई), पता नहीं कैसे उसे आगे-पीछे खिस्काया और न जाने कौन सा लेंस लगाकर वो क्या दिखा रहे थे।

कभी कहते झुककर एक आँख बंद करके ध्यान से देखो आज के बाद सीधे फाइनल प्रैक्टिकल में पुछा जाएगा।

कभी कहते देखो पेंसिल उल्टी दिख रही है, कभी सीधी, कभी बड़ी, कभी छोटी।

हे भगवान ! क्या है ये सब ! क्यों एक छोटी सी पेंसिल का भरता बनाया जा रहा है ?

जब कुछ समझ नहीं आया, कुछ नहीं दिखा तो हिम्मत करके सर से पुछा, सर दिख नहीं रहा है कुछ !!

वो पास आये और बोले देखो यहाँ से देखो ध्यान से, दिखा ?

नहीं सर..

अरे नहीं दिखा ??(बड़े ही गंभीर स्वर में)

सर दिख गया, सर आ गया समझ में, (मैंने डर के कारण ऐसे ही कह दिया)

फिर सर ने दिखाया प्रिज़्म... आ हा हा मज़ा आ गया... अब आइ कोई अपने मतलब की चीज़ जिसके बारे में हमे कुछ तो पता था।

सर ने दो पॉइंट्स लगाकर कहा देखो, इन दो पिनो को प्रिज़्म में से देखो।

मैं झुकी और झुक कर देखा, सामने खड़े सर, बगल में खड़े बच्चे, सर की टेबल , कुर्सी सब दिख रहे थे बस उन पॉइंट्स को छोड़कर, सर ने पुछा दिखा ?

सर ....थोड़ा थोड़ा दिख रहा है....

अरे! ध्यान से देखो...दिखा ????

हाँजी सर दिख गया... सर दो पॉइंट्स दिख गए... साफ़ साफ़ दिख रहे हैं।

डर के मारे झूठ ही बोल दिया, सोचा कल ट्यूशन में समझ लूँगी। मैं लट्टू बन चुकी थी जिसे मेरे दो शिक्षक और भौतिकी मिल कर नचा रहे थे। फिर अगले दिन ट्यूशन ...

अरे बाप रे ये सब क्या है... यहाँ तो हल्के-फुल्के प्रश्न करना मुश्किल था और ये सारे बच्चे तो ऐसे-ऐसे प्रश्न लेकर बैठे थे जिनको झेल पाना अपने बस की बात नहीं थी।

इन सबके आई0 आई0 टी0 लेवल के प्रश्नो के बीच मेरा प्रिज़्म तो कहीं खो ही गया बेचारा। ये सिलसला यूँ ही चलता रहा और मैं लट्टू की तरह नाचती रही जब तक परीक्षा नहीं आ गयी।

सभी सब्जेक्ट्स में 70 से ऊपर अंक आए थे पर भौतिकी में 65 अंक आए और मैं उत्तीर्ण हो गयी थी । पर ये अभी तक समझ नहीं आया था की सर प्रिज़्म में क्या दिखाना चाह रहे थे।

ये सिर्फ मेरी नहीं मेरी ही तरह और न जाने कितने बच्चों की कहानी होगी।

आज जब मैं स्वयं शिक्षिका हूँ 7वीं से लेकर 8वीं तक के छात्रों को पढ़ाती हूँ। तो बहुत मेहनत करके एक-एक चीज़ बच्चों को समझाने का प्रयत्न करती हूँ। भौतिकी मेरा प्रिय विषय है ।

आज प्रिज़्म हाथ में है।

बच्चों को प्रैक्टिकल करके दिखाना है,

और आज मुझे गर्व है की मैं अपने बच्चों को ठीक से समझा सकती हूँ।

आज उस बच्चे को भी सही से सीखाना है जो मुझे बहुत प्रिय है, एक महीने पहले ही हमारे विद्यालय में आया है अपने पिता के अकस्मात

तबादले की वजह से।

भौतिकी में रुचि तो बहुत है पर समझने में तनिक कठिनाई होती है उसे।

मेरा प्रिय शिष्य - कपिल शर्मा, श्री मोहन शर्मा जी का पुत्र !!!

आज मैंने अपने बच्चों को बताया की मैंने सीख लिया है की मेरे शिक्षक मुझे उस दिन क्या दिखाना चाह रहे थे।

आज मैंने उन्हें अपनी कहानी सुनाई और कहा वो जब चाहें बेझिझक मुझसे वो सब पूछ सकते हैं जिसमे भी उन्हें कठिनाई महसूस हो।

www.ingramcontent.com/pod-product-compliance
Lightning Source LLC
LaVergne TN
LVHW041545060526
838200LV00037B/1140